ヘンチマン
本陣村の呪い

柏木伸介

宝島社
文庫

宝島社

ヘンチマン　本陣村の呪い

八月四日　月曜日　五：三〇

若月朔太郎《わかつきさくたろう》は汗だくで目を覚ました。

耳元で鳴る、微妙に不快なスマートフォンのアラームを切る。真夏の早朝、テント内はすでに蒸し風呂状態だ。ボクサーパンツ一丁でも耐えがたい。

テントはワンタッチタイプ。愛車の軽トラック――スズキ・キャリイの荷台上に設置している。古びた安物の中古車だが、走りに問題はない。モグリの探偵には似つかわしいアイテムだろう。

軽トラックの下では、叔父《おじ》が永眠中だ。墓石のない墓所を駐車場代わりにしていた。墓は地面と地続きだが、ごく低いコンクリートの敷居に囲われ、ちょうど駐車区画一個分の広さとなっている。愛媛県松山市余戸南《まつやましようごみなみ》にある共葬墓地、その中央辺りの狭い一画だった。

遺骨の上で寝泊まりしているわけだが、気にはしていなかった。遺《のこ》した借金を返してやっているのだから、化けて出る義理もないだろう。墓所は狭い市道と隣接している。立地及び広さともに、体のいい駐車場だった。ここなら駐車違反の切符も切られない。

朔太郎はテントから這《は》い出し、一つ息を吐いた。ビーチサンダルを履き、タオルを手に荷台から降りた。空は快晴、夜は完全に明け、気の早い入道雲が目に痛い。

軽トラックの前には、手押しポンプ式の井戸がある。墓参者は自由に利用できる。横には朽ちかけた薬缶が、やはり腐りかけた木製の台に積み上げられていた。こちらも自由に使える。

朔太郎はパンツを脱ぎ、薬缶を一つ手に取った。パンツとタオルは傍らへ置き、ポンプを押して水を汲《く》む。満杯の薬缶を頭上に上げ、一気に被《かぶ》った。夏でも井戸水は冷たいが、猛暑と相まって心地好《よ》さが勝っている。

余戸という町は、水の良い地域ではない。地下水は鉄分が多く、湯呑《ゆのみ》に入れて供えると赤錆《あかさび》がつくので、水道水などを持参する墓参者もいる。

そんな水でも、寝汗を流す程度なら問題ない。二杯目も頭から被った。続いて肩と脚、腋《わき》の下や股間も丹念に洗った。

汗が流れたところで、頭からタオルで拭う。髪はクルーカットより短いくらいだから、拭くだけで充分乾く。身長一七五センチで体重六二キロ。痩せているが、そこそこ筋肉質な躰《からだ》をタオルで拭き上げていく。

二十八歳の独身男性が定住所なし。それも困ったものだ。現在、恋人はいない。目は切れ長で、整った顔立ちとよく言われる。もてないわけでもないとは思うが、当面の目標は彼女より住居だった。寒くなるまでにはアパートでも借りないと、南国の四国でも凍死してしまう。

今日は、午前中に呼び出しを受けている。昨夜の電話では〝人捜し〟とのことだった。

大した金にはならないが、普段の仕事よりは〝綺麗《きれい》な〟部類だ。

「おはよう。今日もええ天気やな」

背後から声をかけられたのは、ボクサーパンツを穿《は》き終えた直後だった。さすがにフルチンはいただけない。

ふり返ると、いつもの夫婦がいた。ともに八十歳は越えている。傍らにはフレンチ・ブルドッグ。二人と一頭は顔がよく似ていて、どいつがリードに繋《つな》がれていてもしっくりくる。愉快な一行は、早朝の散歩を日課としていた。

高齢夫婦＋フレブルとパンイチの男。異様な光景だが、二カ月続けば互いに耐性もできる。人生にとって〝慣れ〟は重要だった。

挨拶を返して、身支度に戻った。通勤や通学の人間が出てくる時間帯も近い。手早く歯を磨き、髭《ひげ》を剃《そ》った。ここの井戸水を使うと、T字カミソリも鉄分のせいか錆が早い。滑りが悪くなり、毎朝一つか二つは頰《ほお》を切ってしまう。

荷台のテントへ戻って、服を着た。上下とも作業着、ペットボトルをリサイクルした物で、意外と着やすく涼しい。叔父によると昔の作業着は綿が主流で、丈夫だが暑苦しかったそうだ。作業着は下着も含め、二セットを着回す。一日洗濯を怠ると詰むので、コインランドリー通いは日課となっていた。最近、松山市内にもその手の店舗が増えたため助かっている。

テントから荷物を出し、撤収にかかった。ワンタッチタイプなので、片付けも楽だ。

日々のルーティン、ここでも〝慣れ〟は重要だった。

畳んだテントと荷物類を荷台ボックスに入れ、荷台のガードフレームを立てて回る。運転席に乗りこみ、エンジンをかけた。こちらも蒸し風呂状態だ。今日も酷暑になるのだろう。仕方なく外に出て、空調が効くのを待った。

墓地に繋がる市道には、新旧さまざまな住宅が並ぶ。勤め人や学生だろうか。こちらもさまざまな人々を吐き出し始めていた。

少し待って、朔太郎は運転席に戻った。涼しくはないが、耐えられないほどの暑さではなくなった。時間はある。どこか牛丼店辺りで、安い朝食でも食べて行こう。

助手席にはバックパックを常備している。財布にスマートフォン、ノートパソコンなど〝仕事〟に必要な物を入れてある。これを背負えば、準備完了となる。

朔太郎は、スズキ・キャリイのエンジンをかけた。

九：一一

牛丼店でもっとも安い朝定食を食べ、コンビニエンスストアでアイスコーヒーを買い、涼みながら過ごした。

時間の調整ができたので、朔太郎は軽トラックを発進させた。松山西部環状線、通称〝フライブルク通り〟を北へ向かう。

朔太郎は松山市出身。市立の小中及び県立高校を出て、横浜市内の国立大学へ進学した。大学卒業後は都内の企業に就職していたが、ブラック極まりなかった。父親の体調不良により実家が困窮。乞われて帰県したが、あと数年勤めていたら倒れたのは朔太郎の方だったろう。

地方では、中途採用の道も限られる。公務員や銀行など狭い門ばかりだ。朔太郎は母方の叔父――谷川道造《たにがわみちぞう》の仕事を手伝うこととなった。〝みっちゃん〟の通称で皆から親しまれてきた男で、母の弟に当たる。

叔父は調査業を営んでいたが、正式な探偵業の届け出はしていなかった。地元の裏社会に通じ、その関連で受注する仕事を主としていた。愛媛の政官財界に顔が広く、政界における金の流れなどはすべて把握していたとの噂《うわさ》だ。県警捜査第二課の刑事などが情報欲しさに、蟹《かに》や伊勢海老《いせえび》など高級な手土産《みやげ》持参で詣でていたらしい。

調査業とは名ばかり、政治ゴロ――有力者に便宜を図るような側面が強かった。県内選挙区の現職国会議員が汚職で逮捕された際、保釈時の身元引受人になったこともあるそうだ。本人ではなく、母親から聞かされた情報のため不確かだが。

かなり以前から心臓を患っていて、一年前に逝去した。それは致し方ないが、仕方ないで済まないのは多額の借金を遺していたことだ。博奕《ばくち》好きが祟《たた》った結果だった。パチンコや公営ギャンブルなどライトな賭《か》けではなく、非合法な賭場《とば》にばかり出入りしていたらしい。そのため死後にまで続く借財は、かなりの高額となっていた。

朔太郎は叔父の調査業を受け継いだ。生前に、半年ほどレクチャーを受けていた。借金返済のため事務所は処分したが、残金の返済は続く日々だった。

時間とともに、陽射しが強まっていく。西部環状線から、軽トラックを右折させた。目指す宮西《みやにし》町まで、あと少しだ。

九：三〇

「あれ、ボン。よお来たね。先生待っとるよ」

軽トラックを停めた途端、陽気かつ大きな声に迎えられた。背の高いふくよかな女性が、日本家屋の表門で水撒《ま》きをしていた。年齢は五十九歳と聞いている。戒能由美《かいのうゆみ》――老舗《しにせ》和菓子店〝はが屋〟の専務で、朔太郎と同じく家主の秘書だ。

朔太郎は、宮西一丁目に立つ屋敷へ着いていた。戒能を慎重に避けながら、玄関からスズキ・キャリイを入れる。

古びた邸宅だった。木造平屋で隣接道路は狭く、立地は入り組んでいる。周囲の新しい家屋を盾にしているようにさえ感じられる。戦前の豪農を思わせる造りだ。正確には豪商だが。

巨大な松の根元が駐車スペースになっていた。いつものように軽トラックを駐《と》めた。車を降りると同時に、灼《や》けるような陽光と蟬《せみ》の声が降ってきた。夏本番だ。プランターから無数の蔓《つる》を伸ばす朝顔はシェードとなり、半分萎《しお》れた花が頭をもたげている。水撒きの手は止めない。「構んけん、勝手に入って」

「先生は、いつもの応接間やけん」秘書の戒能が言う。

言われたとおり、玄関から入った。全身が冷気に包まれ、汗が引く。空調が効いているのか、家屋の構造によるものかは分からない。靴を脱いで、三和土《たたき》でスリッパを履く。磨き上げられて黒光りする広い木製の廊下を進んだ。

廊下を左へ曲がると、一面ガラスのサッシ戸がある。整えられた中庭では、石の灯籠《とうろう》やマメツゲなどの灌木《かんぼく》が並んでいる。

「おう、ボン。来たかや」

右手から、野太い女の声がした。毎日のように聞かされているとうんざりする。

この家では、朔太郎は〝ボン〟と呼ばれていた。初対面のころからだ。

右側の障子は開け放され、応接間に繋がっている。室内から中庭を望める形だった。

応接間は和洋折衷。畳に絨毯《じゅうたん》が敷かれ、重厚な応接セットが載せられている。

ソファでは、小柄で痩せ型の女性がこちらを向いていた。身長一五〇センチに満たず、体重も軽いはずだ。年齢六十九歳、顔立ちは穏やかで、頬はふくよかだが皺《しわ》が目立つ。頭は完全に白く——あえて染めているらしい——ショートボブにしている。服装はシックだが、ヨーロッパの一流ブランドで固めているという。

芳賀珠美《はがたまみ》。この家の主《あるじ》だ。

「暑かったやろ、早よ座り。今、由美ちゃんに麦茶持って来さすけん」

スマートフォンを手にした。秘書の戒能に指示しているのだろう。

芳賀は〝はが屋〟の女将だ。地元銘菓の一つ「醤油餅《しょうゆもち》」を主力商品とし、愛媛県内で広く展開。東京や大阪にも進出している。

伊予《いよ》郡松前町《まさきちょう》の出身、実家は貧しく若いころから苦労してきたという。知人の紹介で、〝はが屋〟の跡取りに見初められ嫁いできた。

和菓子店の経営と併せて、県会議員も務めている。当選回数九回を誇るベテランだった。県政の始末屋《フィクサー》として絶大な権勢を誇り、睨《にら》まれたら国会議員や県知事でも当選は難しいと言われるほどだ。五年前に夫を亡くしてからは、店を娘と婿に任せ、政治活動へ軸足を完全に移した。

広範な人脈を持ち、政治家はじめ一般県民からも各種依頼が舞いこむ日々だ。そのためだろう。皆、親しみと畏怖《いふ》を込めて〝お袋さん〟と呼ぶ。県庁職員はもちろん代議士や県議その他県内有力者さえも顎で使い、相談に対応している。

朔太郎の叔父――谷川道造は調査業の傍ら、政治ゴロ的な裏稼業もしていた。そのため、芳賀とは旧知の仲だった。その縁から、芳賀は朔太郎の後見人的存在も引き受けている。

受けた相談の中から必要に応じて、朔太郎に調査仕事を仲介してくる。現在の仕事は、芳賀からの下請け調査がメインだった。単なる手下か、子分のようなものだ。悪事に手を染める権力者の下僕。そういう『007』映画の殺し屋みたいな存在を〝ヘンチマン〟と呼ぶらしい。加えて、宿無し。朔太郎の社会的地位はフリーター辺りと大差ない。

芳賀の向かいには、女性が一人座っていた。応接間に足を踏み入れると、顔をふり向けて立ち上がった。

「この子は森田梨名《もりたりな》ちゃん」芳賀が説明する。「中学校の先生よ。彼女のお父さんには、うちもえらい世話になっとってねえ」

それはそうだろう。でなければ、芳賀は人捜しの依頼など受けない。しかし、中学校の教諭が誰を捜すというのだろうか。

朔太郎は森田と名刺交換した。朔太郎の名刺は、肩書が芳賀の秘書となっている。下手《へた》に調査員などと書くより、情報が収集しやすい。芳賀の権威による効果だ。保守的な田舎《いなか》町とはそういうものだった。

ポロシャツにジャージ姿。森田は二十代後半に見えた。線が細く、表情や態度も少しだけおどおどしている。教師としては、やや頼りない印象を受けた。だから、自分の手に余って相談してきたのだろうが。

森田と揃《そろ》ってソファに腰を落とした。尻が沈み、両足が浮き上がりそうになる。

「梨名ちゃん、心配要らんけんね」芳賀が森田に語る。「この男《こんな》は見た目も頼りないし、性格も大ざっぱやけど、調査の腕は確かやけん。何か執拗《しつよう》で、粘り強さがあるんよねえ。腕っぷしの強さはイマイチやけど」

最後の一言は余計だ。芳賀が本当に、そこまで評価しているのかも怪しい。〝客〟を安心させるための単なるセールストークだろう。お世辞を鵜《う》呑《の》みにするほど、朔太郎も能天気ではない。

戒能由美が、盆に載せた麦茶を持ってきた。

「ボン。お代わりほしかったら言いよ」

「お構いなく」世話を焼かれるのが嬉《うれ》しい年ごろではない。手を振って断ると、戒能は鼻を鳴らして去った。麦茶のグラスは大ぶりで、氷も大量に入っていた。結露したグラスを摑《つか》み、半分ほどを飲み干した。

「でね、頼みたい仕事なんやけど」芳賀が口を開いた。「梨名ちゃんの担任しとるクラスに、女子生徒がおるんやけど、その子のお母さんを捜してほしいんよ」

よくあるような、少し奇妙な依頼にも聞こえた。

「何があったんですか」朔太郎は芳賀と森田の顔を見回した。

「私が担任しとるんは、中二のクラスなんですが――」森田が説明を始めた。

当該女子中学生の名は菅原和《すがわらなぎ》。その母親の菅原美久《みく》が、三日前から家を出ていったままだという。八月一日の夜、仕事に行くと出かけて以来帰ってこないそうだ。

「連絡もつかんのですか」

「菅原さんとこはシングルマザーで」朔太郎の質問に、森田が答える。「母一人子一人なんで、お互いにスマホを持っとるんですが、電源が切られとるようです」

書置きや、何かを言い置いて出たということもないそうだ。思い当たる原因も、和という娘にはないらしい。

「警察には」

「昨日の夕方届けたんですが、すぐ動いてくれるような雰囲気ではなかったけん」

「はっきり分かるような事件性がないと、どうしてもな。警察も忙しいけん」

芳賀が腕を組み、舌を鳴らした。シングルマザーが、中学二年生の娘一人を置いて失踪する。何かに巻きこまれたのかも知れないし、生活に疲れただけとも考えられる。事件性としては微妙な線だろう。

「母親に、何か変わった様子とかはなかったんですか」

それもないと答えたそうだ。娘が見る限り、母親は普段と変わりなかった。突然、三日前の夜から帰ってこなくなっただけだ。

「母親は、仕事は何をされとるんですか」

「あ、あの――」森田が言葉に詰まった。「水商、いや飲食店に……」

「キャバクラよ」芳賀が代わりに答えた。「熟女キャバクラやと」

「勤め先に連絡はされとるんですか」

「いや、それが、電話はしたんですけど……。あんまり話が通じんかって」

水商売それも熟女キャバクラとなれば、この先生には荷が重いだろう。何とか聞き出したところでは、家を出て以来出勤していないらしい。

「ボンが行って、直接訊《き》いておいでや」

確かに行ってみるしかないだろう。続いて、和の父親について訊《たず》ねた。菅原美久は夫と死別ではなく、離婚している。

「菅原さんのお父さんは、香川県におるそうなんですけど。詳しい所在は不明やそうで」

「その女子生徒さんにお会いすることはできますか」朔太郎は訊いた。「あと、お母さんの写真もお借りしたいんですが」

菅原和は現在、登校している。夏休み期間中だが、部活の練習があるそうだ。軟式テニス部に入っているが、午後には帰宅するという。

当該生徒について、担任の意見を訊いた。成績優秀かつ運動神経も良い。三年生引退後の部活では、キャプテンを務めているほどらしい。

「探偵さんが行く旨、了解を取っておきますんで。また、ご連絡します」

森田は警戒することなく言った。こんな若いチンピラが女子中学生を訪問するほど信用されるのも、芳賀の威光というものだろう。

朔太郎と森田は、スマートフォンの連絡先を互いに登録した。

「お母さんの写真は、菅原さんから受け取ってください」

「中学生の女子一人では心細いやろけんな」

芳賀が鼻から息を抜き、腕を組みかえる。

「当面の生活費はウチが見とるけど、いつまでも一人ではおいとけんし。ボン。早よ、その逃げた母親を捜しといで」

気楽に言いやがる。いつもどおり、芳賀は調査費用を受け取らない方針のようだ。依頼者から現金による対価を受け取るのはまれだった。選挙応援など政治活動の支援を求めることで、報酬の代わりとしている。県会議員が動く際、金銭を絡ませないのは珍しい。この町では芳賀だけかも知れない。

目先の金より、自身の権力を盤石にする。県政のフィクサーとしては当然なのだろう。必要なのは端金《はしたがね》ではない。義理を重視させ、貸しを作る。いざというとき役に立つのは、金銭より人間関係だ。苦労人の芳賀は身に染みている。

家業の和菓子店も繁盛しているから、なおさら金など不要だろう。ちなみに朔太郎のギャラは、芳賀のポケットマネーから出ている。大した金額ではないが、ないよりましだった。叔父の借金も残っているし、日々の糧も必要だ。

くそ暑いけど、働くか。朔太郎は内心、ため息を吐《つ》いた。

森田梨名は去った。午後は、顧問を務めている華道部のお稽古があるそうだ。菅原和のアポが取れ次第、連絡をくれる手はずだった。朔太郎は芳賀と応接間に残された。

「夏休みやのに、先生も大変やねえ」

そう言って、芳賀は左手から小指の義指を外した。

「これ、暑いんよ。蒸れるけんね」

「そやったら、外しとったらええやん」

「いや、梨名ちゃんも気持ちの優しい子やけんねえ。県議会のアホどもとは違うけん」

小指を失《な》くした際、ほかの県議から圧力がかかった。議場の品格に関わるとの理由らしい。それから県議会の質問時等のみ、義指を使うようにしている。

芳賀の左手小指がないのは、自分で詰めたからだ。夫の不始末に対する〝落とし前〟だった。

夫の健吉《けんきち》は、肝臓がんで五年前に死亡している。老舗和菓子店のボンボンで、遊び人として地元政財界では有名な存在だった。〝はが屋〟に関しても放漫経営で、芳賀珠美が嫁いだときには倒産寸前だったらしい。その傾いていた店を妻の珠美が立て直すこととなる。

とにかく、健吉は女癖が悪くて博奕好き。方々《ほうぼう》でトラブルを起こす男だったそうだ。

四十年近く前になる。芳賀珠美は周囲の勧めにより県会議員選挙へ出馬し、初当選を果たした。同時期、夫の健吉は地元ヤクザとトラブルになった。一種の罠《わな》——美人局《つつもたせ》だったと芳賀は語るが、真偽は分からない。

現在でもそうだが、愛媛県議会に女性県議は極めて少ない。芳賀珠美の初当選は、当時かなりの話題になっていたという。その辺りの事情から、反社会的勢力にあえて狙われた可能性はある。

結果、夫の健吉を救うため、珠美は左手の小指を詰めることとなった。

以前、朔太郎が芳賀と話していた際、その件が話題に上った。

「極道《ヤー》に締められたら面倒《めんど》いんは分かるけどよ。よう、自分の指なんか詰めたわい」

「しょうがないやん」芳賀は平然と、かつ少々苦々し気に言った。「あの腐れ外道ども、ウチのお父ちゃんに〝チンコ詰めえ〟じゃの言《ゆ》うんやけん」

芳賀は、亡き夫の健吉を〝お父ちゃん〟と呼ぶ。

「はあ。確かにチンコと違《ちご》て、指《エンコ》は十本あるけんな」理解しがたかったが、そう返した。

「たとえ、お父ちゃんのチンコが百万本あっても、あいつら《あんな》には一本もやらん」

「何で、そうなるんで」

「愛よ」芳賀は恍惚《こうこつ》の表情を見せた。恋する乙女、もとい婆《ババ》ァだ。「自分で言よっても、うっとりするがね。ええ話やろ」

「ふーん」

「反応が薄いねえ。まあ、ボンに大人の愛はまだ早いかね」

「そんな話は一生早《はよ》うて構ん」

それはともかく、芳賀が見せた度胸はヤクザの親分から認められた。芳賀の意志には反していたが、その組長は芳賀の後見役を勝手に買って出た。地元ではもっとも大きな組織だ。

芳賀の〝武勇伝〟は瞬く間に地元政官財界へ拡《ひろ》がり、彼女を一目置かれる存在へと祭り上げた――さまざまな意味において。畏敬《いけい》の念を集め、今の地位へ上り詰める一因となった。

芳賀は、今も夫の健吉を深く愛している様子だ。その点に関しては隠すところがない。

「じゃあ、そろそろ行ってこおわい」

朔太郎は腰を上げかけた。菅原和を訪問する前に昼食も済ませたいし、座っているのも飽きた。外は猛暑だろうが、軽トラックにはエアコンもついている。

「ほうかね」芳賀がスマートフォンを手にした。「ちょっと、お待ち。今、由美ちゃんに醤油餅持ってこさすけん。持って帰り」

「要らん、要らん。この暑いのに」

醤油餅は地元の銘菓で、醤油や生姜《しょうが》の効いた甘酸っぱい味が売りだ。軟らかいが粘りもあり、餡《あん》の有無などさまざまなバージョンがラインアップされている。涼しい時期のお茶請けには最適だが、この猛暑では少し厳しい。

「もう、最近の若い子は贅沢《ぜいたく》ぎり言《ゆ》うて。ウチらの若いころは、こんな贅沢なお菓子食べれんかったのに。まったく」

愚痴《ぐち》っぽい婆ァは放置して、朔太郎は炎天下に出た。気温は一段と上がっていた。一気に汗ばんだ躰を軽トラックへ滑りこませた。

一四：〇〇

菅原美久及び和の母娘が暮らすアパートは松山市土橋《どばし》町、伊予鉄土橋駅の裏手に位置している。

朔太郎は、少し離れた位置のコインパーキングにスズキ・キャリイを入れた。菅原和とは一四時の面会となっている。少しだけ遅れそうだった。

一時間前。蕎麦《そば》屋で昼食を摂《と》っている際に、担任の森田梨名から連絡があった。一四時に、和がアパートで待っているという。

朔太郎は微《かす》かに躊躇《ちゅうちょ》していた。一人で暮らす女子中学生を訪問する。芳賀の信用があるとはいえ、世間からどう見えるか。誤解されるのは迷惑だ。

「ほんとは華道部の部活も、ほかの先生に任せて私も同席するつもりやったんですが」

土橋町の住所を告げる際、森田はこんな話もした。

「菅原さんが〝一人で大丈夫〟と強く言うもんで、任せることにしたんです」

気丈なのか、警戒心がないだけか。何にせよ、慎重な対応が必要だろう。

コインパーキングから徒歩でアパートへと向かう。住宅街を貫く四メートル道路を進むと、目指す建屋が見えてきた。

真夏の白昼、通りに人影はない。庭木さえ見当たらないのに、蟬の声だけが姦《かしま》しい。

ハンドタオルで顔の汗を拭った。どこに行っても、八月はどこまでも八月だった。

菅原母娘のアパートは古びた二階建てだった。両階に五部屋ずつ、計十戸が並ぶ。築年数は不明だが、茶色の塗装は至るところが剝《は》げていた。外廊下や階段の屋根は、波型の青いプラスティック製で裂け目や罅《ひび》が目立つ。目指す部屋は二〇三号室、二階の中央と聞いている。

向かって左端の階段を上る。鉄製のステップは錆《さ》びつき、手摺《てす》りに触れると赤黒い塗装片が付着した。廊下へ進み、二〇三号室の前に着いた。

突然、蟬の声が止《や》んだ。汗が引き、周りの熱が遮断される。背筋に冷たい電流が走った。誰かに見られている気がする。朔太郎は周囲を見回した。

電線には、黒く大きな烏《からす》が構えていた。ほかに人間はもちろん、生き物の気配はしない。視線を戻そうとした。

――やめた方がいいよ。

声の方にふり返った。烏が朔太郎を見ている。視線が合った瞬間、嘲《あざわら》笑うように一声啼《な》き悠々と飛び去っていった。

蟬が鳴き始めた。暑さが戻り、汗が噴き出す。誰の声だったのか。空耳か、まさか本当に烏だろうか。嘴《くちばし》は太くたくましかった。人の声ぐらい発しても不思議ではないほどに。朔太郎は深呼吸し、ドアへ向き直った。

玄関ドアは合板で、表面の木材は端が割れて飛び出している。上部には〝二〇三　菅原〟のプレートが貼られていた。中央部には呼び鈴も見える。朔太郎は朽ちかけたスイッチを押した。

軽やかな音と、はいと言う返事が聞こえた。しっかりした声音だった。

ドアが開かれた。大人しそうな少女が顔を出した。

「菅原和さんですか」

緊張しながら声をかけた。十四歳の女子と話すなど、中学校卒業以来かも知れない。

はいと返事があった。

「僕は若月といいます。森田先生から、お母さんを捜すよう頼まれた者《もん》です」

告げると同時に、名刺を差し出した。芳賀の秘書と銘打ってあるやつだ。菅原和は、大きくドアを開き受け取った。ドアチェーンなどはついていないようだった。

「はい。先生からお聞きしとります」

菅原和は、中学二年生にしても小柄で細身だった。おっとりとした外見だが、受け答えの調子を見る限り、はきはきとしっかりした性格のようだ。髪は短く首の上で揃えているが、おかっぱではない。夏物の制服姿だった。

どうぞと中に招き入れられた。大人の男に対して、警戒している様子は窺《うかが》えない。

アパート内は入ってすぐが台所、右手に風呂とトイレがあるようだ。奥の六畳間に通された。座卓の横には、すでに座布団が敷かれている。お茶を淹《い》れるというので、お構いなくと答えた。

勧められた座布団に胡坐《あぐら》をかき、六畳間を見回した。整理された室内だった。たぶん、掃除もされているだろう。隅には箪笥《たんす》、向かい側に小さめのTVとDVDレコーダーがある。正面の襖《ふすま》は開け放され、四畳半の間が見える。学習机があることから、娘の部屋と分かった。

台所の和は、二リットルのペットボトルから麦茶をグラスに移していた。盆に載せて運んでくる。礼を言って受け取った。

「森田先生、今日初めてお会いしたんやけど。ええ先生みたいやね」

母親の失踪へ触れる前に、場を和ませようと考えた。余計なことだったかも知れないけれど。

「はい。今回のことでも、親身に話を聞いてくださって。本当にええ方です」

向かいに腰を下ろしながら、和は答えた。

「それで、お母さんの件なんやけど――」

朔太郎は切り出した。天井近くの壁にはエアコンが設置され稼働もしているが、調子が悪いのか蒸し暑かった。

「八月一日の晩から帰っとられんゆうことで、よかったんですかね」

「はい」朔太郎の質問に、和は答えた。

「それからは、まったく連絡なし。言い置いたことや、何か書かれとったメモなんかもないんですね」

これにも同じ回答だった。八月一日は何時ごろ出かけたのか訊いた。

「いつもと同じじゃったから、一六時ごろと思います」

母親の美久は、いつも一六時に出勤するそうだ。八月一日も同じように出かけ、それから一切の連絡を絶っている。

担任の森田から聞いた情報は確認できた。たとえ教師からでも、人伝《ひとづて》の情報は当てにできない。

「お母さん、何か変わった様子とか見せとらんかったですか。おいでんなる少し前でもいいんやけど」

少し考えてから、和はありませんと答えた。そのあと、気づいてなかっただけかも知れないとつけ足した。

「何か、ご不満のようなことを口にしとったことは」

「うちは母子家庭なので、生活は苦しいです。でもお母さん――」言い直した。大人ぶりたい年ごろだ。「――母は、愚痴は言わんかったです。いつも明るくて、冗談ばかり言《ゆ》うてました」

和が、しっかりしているという見立ては正解だった。自分の意見をきちんと主張できている。

「お父さんのことを少しお聞かせいただいてもええですかね」

「はい」少しうつむいた。「でも、私が小学校へ上がる前にはおらんようになっとったけん。正直、顔もうっすらとしか覚えとらんのですけど」

和によると、父は突然姿を消すようにいなくなった。母との間で、どのような話し合いが行われたのかは知らない。それ以降、八年近くまったく音沙汰がなかった。香川県にいるとだけ聞かされているが、電話番号やメールアドレスなどはもちろん住所さえ知らない状態だ。

父親の名は、菅原有《すがわらたもつ》という。地元第二地銀の愛媛銀行に勤務していた。離婚後に退職したと、和は聞かされている。現在の職は不明。はっきりとは分からないが、養育費等の送金も行なわれていなかったようだ。

「そやったら、お母さんがお父さんのところへ行ったということは」

「ないと思います。母も、父がどこにおるか知らんかったんやないでしょうか」

「お父さんのことを、お母さんは何と？」

「特に何も。悪口とか全然なくて。と言《ゆ》うより話題にさえ出んかったっていうか……。だから、私も父のことは忘れて暮らしとりました」

言葉どおりではない、複雑な感情はあるのだろう。親子ともに、そうだったと考えられる。ともかく、別れた夫のところへ出奔した可能性は低そうだった。

「話変わるけど、ご自身はどう。学校とか楽しい？」

はいと明るい返事だった。軟式テニス部の活動は順調、学業の成績も悪くなく、いじめ等の問題もない。娘の生活に端を発する失踪でもないようだ。

「お母さんおいでんと大変でしょう」

「いえ」少し顔が曇った。「夏休みやけん、時間にも自由が効きますから」

「お母さんの様子以外で、何か変わったことはなかったですが。変なおじさんが、アパートの周りをうろついとったとか」

「気づかんかったです」少し考えてから答えた。

「お母さんが、そういう異変や恐怖を口にしたことは」

ないとのことだった。何か思い出せばあとで訊くとして、動き始めた方がいいだろう。

「お母さんの写真をお借りしたいんやけど」

「スマホありますか」

朔太郎はスマートフォンを取り出した。和と連絡先を交換し、写真を送ってもらった。早速に開いてみた。

アパート前で撮影された写真だった。三十二歳と聞いているが、実年齢より若く見える。幼いと言ってもいい。周囲の建物と比較したが、女性としても小柄だった。顔は娘に似て、やはりおっとりとした印象だった。少し疲れが感じられるのは、シングルマザーだという先入観をこちらが持っているからか。

「うちは、お金はなかったけど」

スマートフォンを座卓へ置き、和はうつむいた。

「母と二人、幸せやと思とったんです。だから、母が家出とか考えられんくて。何か事件にでも遭《お》うたんやないかと心配で」

「すぐに動きます。何か分かったら連絡しますけん」

和が顔を上げた。少しだけ涙ぐんでいた。

「それとも、私に何か原因があったんでしょうか」

朔太郎に答えられるはずもなかった。

一七：〇三

夕刻の繁華街は、まだ明るいにもかかわらずネオンを点《とも》し始めている。陽の長さにつき合っていては、商売にならないのだろう。

朔太郎の軽トラックは、松山市二番町《にばんちょう》へ到着していた。市内有数の歓楽街だ。

菅原和のアパートをあとにし、時間つぶしがてら自分の母親へ連絡した。父親の容体を訊いたが、相変わらずとの返答だった。

朔太郎の父親は、脳血腫により市内の公立病院へ入院している。意識が朦朧《もうろう》とし、会話もままならない状態だった。母親は、時間の許す限り付き添っていた。

父親は個人経営の電気工事業を営んでいたが、入院と同時に店を畳み自宅も手放した。その後、母親は小さく老朽化したアパートへ引っ越した。菅原母娘の住まいと似たり寄ったりの物件だ。

母親はスーパーのパートで生計を立てようと試みたが、治療費も加えると金が足りない。朔太郎が入院費用や生活費を援助することとなった。叔父が遺した借金返済と相まって、自身も困窮する生活が続いている。ホームレス同然の生活をしているのは、そのためだった。

秋が深まる前に金を貯《た》め、アパートを借りたい。当面の目標だ。母親のアパートは狭すぎるため、同居はできなかった。

「芳賀先生の紹介で仕事が入ったけんな」朔太郎は言った。「そう長いことはかからんやろけど。しばらく病院には行けんなった。親父のことは任せたで」

暇があるときは、朔太郎も母親と交代で付き添っている。菅原美久を見つけ出すまでは、それも無理な話だった。

値段が極力安い立体駐車場にスズキ・キャリイを駐めた。菅原美久の勤務先とは、さほど離れていない場所だ。

薄暗い駐車場の建屋から出ると、まだ陽は燦燦《さんさん》と照っていた。一気に汗が噴き出す。空は多少赤みを帯びてきてはいるが、暗くなる気配はない。

菅原美久が勤める店は、七階建ての飲食ビルに入っている。両脇をバーやスナック、風俗店が縦に並んでいるビルが挟む。外壁はクリーム色で、建屋自体はまだ新しい。三階部分に、熟女キャバクラ〝熟成倉庫〟と書かれた巨大な看板が掲げられていた。文字や女性のイラストも、艶《なま》めかしいデザインだった。

朔太郎は一階にある瀬戸内料理店の横をすり抜け、エレベーターへ向かった。三階なら階段でもいいが、暑さに負けた。待機していた籠に乗りこんだ。

上昇したエレベーターが開くと、目の前が熟女キャバクラだった。看板に比してドアは控えめだが、木製で重厚でもあった。上部には外の看板を縮小したような電飾看板があるが、灯《あか》りは落とされている。同じフロアには〝熟成倉庫〟しか入っていないようだ。まだ案内所も開いていなかったので、スマートフォンで店の情報を検索しておいた。利用者の評判はおおむね良好。客の感想だから当てにはできないが、かなり繁盛もしているそうだ。ちなみに開店時間は一八時から二四時まで、菅原美久の名前や写真などは出てこなかった。

朔太郎はドアをノックした。オーク材だろうか、かなり分厚く店内へ響いたか自信がない。レバー式のノブを引き下げ、ドアを開いた。

「すみません。店、まだなんやけど」

細い最新型の掃除機を手にした男が、視線を向けてきた。服装は正装——蝶《ちょう》ネクタイに黒いベスト、同じ色のスラックス。いわゆる〝黒服〟だが、白いYシャツは半袖だった。まだ若い。朔太郎より年下、下手をすると大学生ぐらいかも知れなかった。熟女キャバクラなので、〝黒服〟もそれなりの年齢と勝手に思いこんでいた。

「ごめんなさい。客やないんですよ」朔太郎は名刺を出した。「ここの従業員、菅原美久さんのことでお話を伺いたいんやけど」

〝黒服〟は名刺を眺めた。朔太郎はともかく、芳賀珠美の名前にも反応がない。軽く眉をひそめただけだった。県会議員の名前など、一人も知らないのかも知れない。朔太郎も大学生のころはそうだった。

「ちょっと、ママ呼んできますけん」

不愛想に言い捨て、店の奥へ引っこんだ。態度で判断する限りは、大学生か専門学校生のアルバイトとしか思えない。接客レベルなど人によるのかも知れないが。

待たされている間に、店内を観察した。開店準備中のためか、点されている照明は最小限だ。絨毯の赤がかろうじて分かる程度だった。長い〝く〟の字型カウンターに、ボックス席が四組。VIPルームだろうか、奥にはガラスで仕切られたスペースもある。灯りがあれば、かなりの高級感を醸《かも》し出せる可能性はある。

VIPルームから数メートル離れた位置に、〝STAFF　ONLY〟のプレートを貼ったドアがあった。先刻の〝黒服〟が消えた場所だ。そこが、ふたたび開いた。

紫色に髪を染めた女性が出てきた。化粧も派手で、七十歳は越えているだろう。洋装だった。朔太郎には分からないが、たぶん何か名前がついた――形状のタイプにしろ、ブランドにしろ――ドレスを着ている。

「お待たせしました。ママのトミです」

トミは名刺を差し出してきた。白地に黒い丸文字で、店名と〝ママ　トミ〟とだけ書かれている。昭和を思わせるフォントだった。朔太郎は平成の生まれだけれど。

「おニイさん、芳賀先生の秘書なんかな。えらい若いやない。ウチは、あの先生大好きなんよ。選挙の度《たんび》に応援しとるけん」

表向き秘書と銘打っている以上、礼を言うべきだろう。トミの口調が少し砕けた。その方が話しやすい。勧められるまま、カウンターのストゥールに並んで腰を下ろした。

「クミコのこと、聞きたいんやって？」

「えつと、クミコさんて？」〝えっと〟を〝えつと〟と発音するのは方言だ。父親や叔父もよく使っていた。オヤジ臭くて嫌だったが、いつしか真似《まね》するようになっていた。

「菅原美久のことよ。店では、そう名乗っとったけん。うちの店は、源氏名も昭和感を大事にしとるけんな。何か、家に帰っとらんのやって？　昨日、学校の先生からそんな電話があったわい。クミコの娘、担任しとるとか言よったけど」

「ほうなんですよ。その担任の先生が、芳賀に母親の捜索を頼みましてね。それで、ちょいとお話を。菅原さんは、ここのお店にはいつまで来られとったんですかね」

「三日前やな。八月の一日が最後やったと思う。一昨日《おとつい》はシフトが入っとらんかったけん、無断欠勤は昨日だけよ。まあ、家にも帰っとらんのやけん、しょうがないわなって納得したけどな。煙草《たばこ》喫《す》って構ん？」

どうぞと答えた。トミはロングピースを取り出し、火を点《つ》けた。大きなガラスの灰皿を引き寄せる。一喫いで、半分近くが灰になった。手慣れた様子と肺活量から、かなりのヘビースモーカーだと思われた。

「菅原さんに変わった様子とかなかったですか。あと、行き先の心当たりとか」

「あったらええんやけどなあ」煙草を灰皿で揉《も》み消した。「クミコの娘、中学生ゆうたんかな。今、一人で家におるんやろ。心細いんやないん」

「ええ。で、僕らも急いで捜しよるんですが。菅原さん、お店ではどんな感じやったですかね」

「真面目《まじめ》にやりよったよ」二本目のロングピースに火を点けた。「真面目すぎるぐらいやったな。この業界としては」

「それは、どういう――」

「あの子は言《ゆ》うたら悪いけんど、あまり人気のある嬢ではなかったんよ。性格的に合わんゆうのもあったんやろけど。まあ、若すぎたわな」

どういう意味か訊いた。トミが灰皿に灰を落とす。

「あの子、確か三十二やろ。この店は、熟れすぎて地面に落ちた柿みたいなんがモテるんよ。そういう特殊嗜好《しこう》持っとるおっさん向けの店やけん。ほやけん、うちらみたいな色物のバケモンでも商売になるんやがね」

何と受け答えしていいか分からず、はあとだけ曖昧に返した。二本目が消され、三本目の煙草が着火される。

「かといって、クミコの齢《とし》じゃあ普通のキャバクラは厳しい。日本の男はロリコンぎりやけん。皆、若い女が大好きときとる。それも、しょうがないんよ。この国には〝熟成〟ゆう文化がそもそもないけんな。魚をよお食うせいか、新鮮なものがウケる。何でも出来たて、採れたてやないと気が済まん。ボージョレ・ヌーヴォーなんか有難がるん、日本人だけやろがな。女子《おなご》も同じよ、おニイちゃんもそういう趣味やろ」

　これも返事に困る。〝いえ、僕のタイプはあなたです〟なんてお世辞は、ママを困惑させるだけだろう。その気にでもなられたら、こちらも事だ。

「ほやけん、よっぽど気の利いた店やないと、あの子も雇てはもらわれへんかったやろなあ」

　トミは鼻から煙を噴いた。先刻から、かなり勝気な印象を受けていた。そうでないと、二番町で商売は続けられないだろう。

「とはいえ、風俗はハードルが高い。たまたまうちの店に来たけん、そのまま雇たんやけど。クミコも大変やったやろなとは思う。年齢が、客の好みと合わんのやけん。その代わり、うちはアフターなんかもないけんな、同伴ぐらいはするけど。安心して働ける面はあったんやない？　若い子の店やったら、〝アフターで飯奢《おご》ったんやけん、一発ヤラせ〟じゃの言《ゆ》うクソ馬鹿もおるけんな」

「じゃ、客と駆け落ちなんてことも」

「ないやろな。少なくとも、ウチは知らん」

「分かりました」朔太郎はうなずいた。「逆に、客とトラブっとったいうことはないですか。変なんに絡まれとったとか、そういうことは」

「何か、えらい目に遭《お》うとんやないかいうこと？」

　そうだと答えた。娘と店で話を聞く限り、失踪の動機が見当たらない。事件に巻きこまれた可能性は、早急に潰しておく必要がある。

「ウチは聞いてないけど、確認した方がええな。なあ――」

ドアから出てきて、ふたたび掃除していた〝黒服〟に声をかけた。

「チーママ呼んで」

今度出てきた女性――チーママは少しだけ若かった。六十代だろうか。やはり化粧は濃いが、髪は和風に結い上げ着物姿だった。

「マッ」トミはストゥールから腰を上げた。「このおニイちゃんが、クミコのこと聞きたい言いよるけん。答えてあげてや」

マッと呼ばれたチーママとも名刺を交換した。ママとほぼ同じデザインだった。トミと交代する形でストゥールに座った。豪快なトミとは違い、物腰が柔らかい。

「どんなことですかねえ。私で答えられることとやったらええんやけど」

喋《しゃべ》り方も、トミよりは上品だ。

「菅原さん、お客さんとなんかトラブルとかなかったですかね。失礼なんですが、あんまり人気がないゆうんは、ママさんから聞いとるんですが」

「ほうやねえ」少し眉を寄せる。「トラブルではないんやけど――」

マッによると、一人だけ菅原美久にご執心な男がいたという。二週間ほど前から毎日のように通ってきては、クミコを指名していたそうだ。

「まだ二十代に見えるような若い男性の方でしてね。そうゆうお客様は珍しいけん、よう覚えとるんですよ。うちの店においでるんは、五十も六十も越えたゆう方ぎりなもんですけん」

「その男性の方、お名前とかはお聞きになってないですかね」

「いやあ。どちらにお住まいかも存じ上げんのですよ。お名刺いただくこともありますけど。これはもう、お客様次第ですけんねえ」

写真はあるか尋ねたが、ないとの返答だった。客が嫌がるため、店の出入口に防犯カメラ類は設置していない。

「ビル自体の入口には、防犯カメラがあるらしいんやけどね。そこやったら、どこの店に行くかなんて分からんでしょう。ほやけど、映像が残っとるかどうか」

ドライブレコーダーなどと同じく、特別な事態が発生しない限り上書きされるそうだ。男が最後に来店したのは三日前だった。その八月一日の勤務を終え、菅原美久は姿を消したことになる。

ビル出入口の映像は、一階にある管理人室で保管しているという。チーママの付き添いで、訪問することにした。

管理人は、チーママと同年代の男だった。再任用だろうか、セルフサービスのガソリンスタンドや立体駐車場でよく見かけるタイプだ。制服ではなく、Tシャツにバミューダパンツという夏向けの格好をしている。

「三日前やったら、ギリギリやな」

チーママ――マツの紹介で依頼したい内容を告げると、管理人は言った。映像はデータの重さにもよるが、平均週二回上書きされるという。

「〝熟成倉庫〟さんの閉店間際やったら、この辺かいのう」

問題の男は八月一日、閉店時刻直前まで店にいたらしい。管理人が古びたビデオ機器を操作していく。映像はモノクロで、音声もない。早戻ししているため、画面の客は全員がちゃかちゃかちゃかとムーンウォーク中だ。

「あ、この方やねえ」

マツの指摘で、管理人が機器を一時停止させた。画面上で後ずさりしていた男が急停止する。朔太郎は画像に目を凝らした。

聞いていたとおり、若い男だった。熟女キャバクラを好む年代とは思えない。モノクロでも、派手なアロハシャツを着ていることが分かる。下はチノパン、かなり痩せて見えた。顔に視線を向ける。目が細く、その他のパーツも控えめだ。壁との比較から、身長は一七〇センチ台半ばだろう。中途半端な長髪は色が薄い。茶色く染めているようだ。

朔太郎は、画像データを自前のUSBメモリに落としてもらうよう頼んだ。

「ほんなん、わしゃ使い方が分からんげ」

仕方なく、朔太郎はビデオ機器を自分で確認してみた。USBの差込口は見当たらないが、傍《そば》のノート・パソコンを経由すれば何とかなりそうだった。

一〇分近く機械と格闘し、画像データをメモリに転送した。マツと管理人に礼を言う。

この男は何者か。メモリとスマートフォンを交換しながら、朔太郎は管理人室を出た。

一九：一六

「よう。来たか」藤嶌大地《ふじしまだいち》が、カウンター中央からこちらへふり向いた。「暑い中大変だべ、お互い」

藤嶌は神奈川県藤沢《ふじさわ》市の出身、ときどき語尾に〝だべ〟をつける。

日本人は、すべてどこかの方言を喋っている。方言は特定の地域で使用される言語を指し、田舎言葉という意味ではない。あまりにも多彩すぎるため、スムーズに意思疎通を図れるよう便宜上の標準語が生み出された。生活者が使う生きた言語ではなく、単なるツールだ。

国会や裁判などでは標準語が用いられなければならない。こうした場では、聴く人によって解釈の変わる言語は意味をなさないからだ。

標準語は江戸言葉がベースのため、東京とその周辺は――その地の住人自身も含めて――標準語仕様と勘違いしているだけだった。

朔太郎は、三番町《さんばんちょう》のショットバーにいた。雑居ビルの七階から、さらに非常階段を上った屋上にある。隠れ家的な雰囲気で、店の名前は〝クロケット〟。プレハブ風の外見だが、れっきとしたペントハウスで造りはしっかりしている。

「お茶挽《ひ》いとるよりはマシやけんな」

「確かに」藤嶌はうなずいた。「座れよ。何呑む？」

〝クロケット〟は藤嶌の行きつけだ。管理人室を出る際にスマートフォンで呼び出したところ、今日もここを指定された。

「ジンジャーエール」ストゥールに腰かけながら、朔太郎は答えた。「車やけん。このあとも仕事になるやろし」

藤嶌はモヒートを呑んでいる。ミントが涼し気で、夏らしいセレクトだった。

年齢は三十四歳、独身。座っていても、長身が分かる。確か一八五センチと聞いた。顔もハーフを思わせる彫りの深さだ。豊富な長めの髪は、無造作に後ろへ。筋肉質で体格が良く、上半身は逆三角形ときた。常にイタリア製のスーツで、色合いも落ち着いている。さすがに真夏なのでタイはなく、上着も脱いでいるけれど。革靴とともに一流ブランドらしいが、名前は忘れた。いつもスニーカーに作業服の朔太郎には、どうでもいいことだった。

東京で芸能関係の仕事をしていたが、愛媛にＩターン。イベント企業という触れこみの〝株式会社フジシマプロデュース〟を設立した。各種地域おこし企画が話題となり、たびたび地元メディアにも取り上げられた。結果、爽やかなビジュアルとも相まって人気者となる。

カウンター内のバーテンが、ジンジャーエールを出してきた。先刻の〝黒服〟と似たような格好をしている。四十代で腕が良い。今夜は、彼のカクテルを呑めないのが残念だった。

「で、サク。今日は何の用だよ?」

「ダイさん、パソコンないかな」

朔太郎と藤嶌は互いに、〝サク〟〝ダイさん〟と呼び合っている。藤嶌が〝青年実業家〟と自称したときだけ、朔太郎は〝おいさん実業家〟と訂正してあげることにしていた。三十半ばは青年ではない。いい歳《とし》して現実から目を逸《そ》らすなど、不届き千万だ。

「おい、お前ら」藤嶌が店の奥へ声をかけた。「パソコン持ってこい」

はいと返事があった。奥のテーブル席では、男が二人向かい合っている。ともにコロナビールを呑んでいた。

一人は長身で筋肉質、韓流《ハンりゅう》スターを彷彿《ほうふつ》とさせるような男前だ。もう一人は、さらにでかい。腕は丸太のようで、胸筋はYシャツを突き破らんばかり。立ち上がれば天井に頭がつくだろう。二人ともボディガードにふさわしい外見をしている。服装は藤嶌と似ているが、少しだけ安っぽい。藤嶌配下の半グレだった。

藤嶌はイベント会社経営の傍ら、裏で半グレ集団を取り仕切っている。来県すると同時に表及び裏の稼業——双方のネットワークを駆使し、県政のフィクサー芳賀珠美に接近した。どちらの仕事においても、県政中枢とのコネクションは重要だ。朔太郎が藤嶌と知り合ったのも、芳賀の紹介によるものだった。

韓流スター風の方が、ノートパソコンを持ってきた。岩田《いわた》という半グレのリーダー格だ。藤嶌とは東京で知り合い、愛媛までついて来た。二十八歳だから、朔太郎と同い年になる。頭が切れスポーツ万能、喧嘩《けんか》も強い。統率力があり、仲間にも優しいため人望は厚いようだ。藤嶌を尊敬し、絶対服従の姿勢らしい。実際、片時も傍を離れようとしない。

背後には、さらにでかい方が直立不動で待機中だ。本名は知らないが、仲間内では〝ジェイソン〟と呼ばれている。映画から来ているらしいが、『13日の金曜日』か『トランスポーター』なのかは知らない。

朔太郎は礼を言い、岩田からパソコンを受け取った。起動して、USBメモリを差す。菅原美久を指名していたという男の映像を呼び出した。ディスプレイを藤嶌に向ける。

「こいつの身元を探ってほしいんよ、ダイさん」

朔太郎はジンジャーエールに口をつけた。この店なら手製のはずだ。実際、美味《うま》い。

「金は〝お袋さん〟に払わすけん。高尾《たかお》ちゃんにでも頼んでや」

必要経費だ。芳賀も嫌とは言わないだろう。

藤嶌の配下に、高尾という奴がいる。まだ二十歳と若く小柄だが、フットワークが良く情報収集能力に長《た》けていた。あいつなら、県内在住者などすぐに探り当てるだろう。

元々、芸能関係の仕事をしていたこと。加えて半グレの元締めでもあるため、藤嶌は全国の闇社会と通じている。それに伴い、広範な情報網も持っていた。多くの半グレを率いていることから、数に物を言わせた機動力もある。

こんな男がなぜ、あえて愛媛のような田舎に拠点を移したのか。一度、訊いたことがある。

「今の日本は衰退してるからな」藤嶌は答えた。「それも、地方から没落してる。本屋なんか見てみろ。二〇二四年問題だか何だか知らねえけどよ」

運送業の人手不足により、愛媛含め地方は雑誌等の発売が遅れるようになった。コミック誌は首都圏と変わらないが、一般週刊誌などは二日以上発売日があとになる。藤嶌は続けた。

「『フライデー』なんかチューズデイに発売だぞ。あんな雑誌こそスピードが勝負じゃねえか。文化の後退は、国家の死を意味するからな。政府が何の手も打たねえってどういうことだよ。現場で働いてる連中に負担かけねえで、対策練るのが政治家の仕事だろ。〝人がいねえから物も遅れます〟って言うだけなら、幼稚園児でもできるべ」

外資系の大手通販サイトなら、雑誌は翌日に届く。地方の書店等は衰退し、物資の運搬自体が消滅する。つまり、運送業界の仕事も減るということだ。運送業界への気遣いが、回り回って業界の首を絞めることになる。

ならば、余計に田舎を選ぶ理由が分からない。意地でも都会にしがみつくべきではないか。そう言うと、藤嶌は唇を歪《ゆが》めた。嗤《わら》ったようだ。

「この国は自殺することにしたんだよ」藤嶌は鼻を鳴らした。「地方から徐々にな。だから、大災害が起きても、まともに復興しようともしない。外国への支援だの増税だの、その場しのぎの対策ばかりだ。遠くない将来、この国は崩壊するぞ。それも、地方から順番に。つまり、地方都市は宝の山ってことさ」

少し考え、藤嶌の企《たくら》みが読めた。一種の墓場泥棒みたいなものだ。沈没船に眠るお宝を狙う海賊とでも言えばいいか。

「せいぜい稼がせてもらうさ」背中を叩《たた》かれた。「よろしく頼むぜ、サク」


「こんなもん、高尾に探らせるまでもねえべ」藤嶌が手を伸ばしてくる。「貸せよ」

パソコンを渡した。男の画像を消し、藤嶌はパソコンを操作し始めた。何かのデータを呼び出そうとしてるようだ。少しして、ディスプレイを見せた。

「こいつだろ」

見せられたのは、間違いなく菅原美久を指名していた男だった。派手なTシャツを着て、ピースサインをしている。顔は汗だくだ。場所は分からないが、壁に多くの走り書きが見える。

藤嶌たちが写真を持っているということは、地元の有力者もしくはその子息であることを意味する。そうした情報の収集は、藤嶌と半グレの主なシノギに直結している。彼らは常に、地元名士の動向に目を光らせてきた。

彼らのシノギは、簡単に言えば一種の特殊詐欺だ。ただし、貧しい庶民や高齢者は狙わない。彼らが狙うのは、いわゆる〝上級国民〟だけだった。有力者の子弟などが犯罪に走ったり、何らかのスキャンダルを起こす。その弱みにつけこんで、家族を罠に嵌《は》める。示談に協力する、もみ消しに金がかかる、警察に口をきいてやるなど。そうして金をむしり取る。

「別に、義賊気取ってるわけじゃねえよ」藤嶌は言ったことがある。「年金暮らしの年寄り狙うより、そういう連中おちょくった方が実入りも大きいってだけの話さ」

半グレを束ねることで、弱者への攻撃を抑えているのではないか。そう思わせる節もあった。

藤嶌のリストに、問題の男が入っている。いったい誰なのか。朔太郎は訊いた。

「こいつ自身は、表に出てきてねえんだが」藤嶌はモヒートを呑んだ。「こいつの親父は有名人だ。少なくとも、政官財界に通じて商売してるおれには基礎知識だな。知らなきゃモグリだべ。冨里《とみさと》一族って聞いたことねえか」

知っている。でなければ、朔太郎もモグリだ。実際、モグリの探偵ではあるのだが。

冨里一族は庄屋の家系で、今も資産家だ。地元政官財界で活躍する人材を多く輩出し続けてきた。現当主の四季蔵《しきぞう》は今も県内与党の重鎮で、県議会議長の経験もある。その世界の人間なら、冨里と聞いただけで震え上がるだろう。芳賀であっても、一定の気遣いを強いられる相手だった。

「こいつの名は、冨里冬汰《ふゆた》。冨里一族の三男坊さ」藤嶌が説明する。「ただし、一族の仕事には一切関わってない。東京で音楽活動していたはずだけどな。地元では、こいつの写真一枚手に入れられなかった」

藤嶌が見せた冨里冬汰の写真は、東京のライブハウスで入手した物だった。

「冨里一族といえば最近、事件があっただろ」

言われて思い出した。松山市議会議員だった冨里家の次男——夏彦《なつひこ》が、二週間前に自宅の書斎で惨殺《ざんさつ》されていた。

藤嶌が愛媛新聞のホームページから、事件の記事を出してきた。朔太郎は発生日時を確認した。冨里冬汰が菅原美久を指名し始めたのは、兄が殺害された少しあとからということになる。

「冨里一族は謎が多くてよ」藤嶌がモヒートを飲み干す。「四季蔵には四人子どもがいるんだが、今も表に出てるのは当主の四季蔵と殺された夏彦、それから長男の春雄《はるお》だけだ。あとの二人は気配さえ感じられねえ」

長男の春雄、次男の夏彦、三男の冬汰。藤嶌によると、夏彦と冬汰の間に長女がいる。名前は秋恵《あきえ》。藤嶌が続ける。

「この秋恵に至っては、まったくの消息不明だ。写真さえ入手できなかった。学校の友人その他、当たれるところは全部当たったんだけどな。地元で写真が手に入れられなかったって意味では、弟の冬汰も同じなんだけど。仕方ねえから東京に行って、かろうじて一枚だけ手に入れてきた」

「そんなことあるん？」朔太郎もグラスに口をつけた。

「普通は考えられねえ」

藤嶌は代わりのモヒートを注文した。

「このネット時代に、写真一枚出回らさせねえなんてよ。だが冨里一族、当主の四季蔵ならどうだろうな。何らかの緘口令《かんこうれい》が敷かれてんのは間違いねえ。理由は分からねえけど。そんな真似がまかり通んのも、冨里一族の力さ」

新しいモヒートを藤嶌が受け取る。岩田と〝ジェイソン〟は元の席に引っこんでいた。

「そんな意味不明な――ここら辺りじゃ〝いい加減《よもだ》〟って言うんだよな――指示に黙って従うのはこの地方ならではだろ。保守的で、土地としがらみでがんじがらめにされた挙げ句、強い者には従順。それがこの町さ。そんな歪んだ権力構造が幅利かせてんのこそ、地方の魅力だべ。よく躾《しつけ》された犬だって、たまには吠《ほ》えるってのに。ここまで見事に飼い慣らされた住民には感謝しかねえ。おれみてえなのにとっちゃあ、最高の遊び場だ。たんまり儲《もう》けさせてもらえるからよ」

朔太郎は反論しなかった。故郷を侮辱されていることになるのだろうが、共感の方が強い。

「地方は、国の鏡やけんな」

「いいこと言うな、サク。そのとおりだ。この町の歪みは、日本の歪みさ。この地域だけが特別なわけじゃねえ。大なり小なり、どこでもそうだ。中央も含めてな。それでも、冨里があんな曲芸紛《まが》いな真似を押し通せるのはなぜか。まさか、超能力や呪いが使えるわけでもねえだろうし。住民も、冨里に逆らったら祟られるなんて考えてねえだろ。どんなローカルルールがあるのやら。湘南《しょうなん》ボーイのおれには分からねえ話だべ。で、その面倒くせえ家の息子がどうかしたのかよ」

朔太郎は依頼内容を端的に説明した。菅原美久の失踪。娘——和の担任が、芳賀経由で捜索を頼んできたこと。美久の勤務先で聴かされた話など。

「その消えた母親に、冨里冬汰がご執心だったと。そういうことか」

「ほうなんよ」藤嶌の言葉に、朔太郎はうなずいた。「まあ、身元が分かっただけでも良かったわい。ついでに、さすがのダイさんも居所までは知らんかな」

「ちょっと待ってろよ」藤嶌はモヒートのグラスを置いた。「おい」

岩田と〝ジェイソン〟を手招きし、パソコンを見せた。

「こいつの住所を確認してねえか、事務所に訊いてみろ。あと、冨里秋恵についても」

岩田が、スマートフォンに何事か話し始めた。藤嶌の事務所へ連絡しているのだろう。

裏で行なう〝仕事〟の関係上、藤嶌は地元政官財界関係者の個人情報を広く収集している。それには、通常の手段では入手できない事柄も含まれる。市役所の若手職員を抱きこんでいるため、住基ネットを自由に使えるらしい。松山市民なら、名前さえあれば住所確認ぐらい容易《たやす》いことだ。

「そう、冨里冬汰。うん——」

スマートフォンで会話しながら、岩田が何かをメモしている。この時間では市役所の住基ネットットも触れないから、事前に収集していたかどうかが鍵になる。

「森松《もりまつ》の方ですね」

メモを手に、岩田が近づいてくる。

「詳細はこちらに。ちなみに冨里秋恵は以前、市役所の奴にやらせた調査ではヒットしなかったようです」

藤嶌経由で、メモが朔太郎に渡された。森松町の所番地まで記されている。建物名と号数もあることから、マンションかアパートで生活しているようだ。

「年齢は三十歳、職業不詳」岩田が補足する。「実際に、その住所に住んでるかどうかまでは確認できていないようです」

「ダイさん。これ、なんぼ」朔太郎はメモを振りながら、支払う――芳賀が払うんだが――報酬額を訊いた。

「金は要らね」藤嶌は口元を歪めた。「お困りの青少年を助けていらっしゃるんだ。この不肖藤嶌いくらでもお手伝いいたしますと、〝お袋さん〟に伝えておいてくれ」

芳賀に貸しを作るつもりらしい。朔太郎は鼻を鳴らした。友人といっていい関係だが、仕事面ではドライでつかず離れずの状態を保ってきた。藤嶌はかなりがめつい性格をしているので、利があると判断すればこちらに協力するだけだ。

ならば、と朔太郎は追加の依頼をした。菅原美久を配下に捜させてほしい。

「そこまでだとロハってわけにはいかねえぞ」

「成功報酬でええやろ」娘から入手した写真を、藤嶌のスマートフォンへ送った。「捜すゆうても、ダイさんらは街中で気にしとってくれただけで構わんけんな」

空調の効いた室内へ、熱気が土足で踏みこんできた。開いたドアに、ポロシャツ姿の男が見えた。顔に見覚えがあった。松山商工会議所青年部の役員だった。お待たせしました、と藤嶌に声をかけた。待ち合わせだろうか、たぶん〝表〟の仕事がらみだ。岩田が奥の席へ案内していく。

「冨里冬汰の家へ行ってみよわい」

言って、朔太郎はストゥールから腰を上げた。出した千円札――ジンジャーエール代は藤嶌の手によって、難民救済の募金箱へ消えた。自分の懐から、モヒートや半グレのビール分とまとめて払うつもりらしい。

「夏だねえ」

藤嶌がモヒートを呑む。商工会議所青年部とともに入ってきた熱気は、まだ店内を漂っている。

「若者が働くにはいい季節だべ。おれも若いの動かすからよ。お前も気張れ、サク」

二〇：三四

朔太郎のスズキ・キャリイは、国道三三号を南下していた。陽は暮れ、古びたアスファルトを道路灯が眩《まぶ》しく照らし出している。

軽トラックで出発する前に、朔太郎は立体駐車場内から芳賀へ連絡しておいた。

「冨里の爺《じい》さんが絡んどんかな」芳賀は少し驚いた声を立てた。

「当主は知らんけど、息子は間違いない思う」朔太郎は答えた。「冨里一族のことは知っとんやろ」

「四季蔵さんはよう知っとらい。あとは、長男と次男だけやな。長女と三男は、向こうが小さいころに会《お》うとるかも知れんけど。最近はどこにおるかも知らんわい」

「ダイさんが言うほど、面倒《めんど》いんかな？」

「面倒いなあ」芳賀は、自分の布団へゴキブリが入ってきたような口ぶりだった。「四季蔵の爺さんは県議引退するまで、厚かんしいおいさんやったわい。議長やったころなんか特によ。気難しいし、金持ちのくせにケチやしな。国でも地方でも議員じゃのいうのんは、金離れが悪い生き物《もん》ではあるんやけど」

「長男と次男、息子二人もほうかな？」

「親父の子やけんな。似たようなもんよ。可愛《かわい》げのない子どもやったわい」

三男はどうだろうか。案じるより会ってみるしかないだろう。

菅原美久について、芳賀に訊いた。まだ帰宅していないという。連絡もつかない状態が続いている。娘の和を一人置いておくのは心配なので、担任の森田梨名が菅原宅に泊まるそうだ。

夜の国道は、交通量もさほどではない。数軒おきに、全国チェーンの飲食店が並ぶ。地元の店もあるが、個人営業は数えるほどだ。

大型パチンコ店を通りすぎ、松山南警察署の手前で赤信号に捕まった。途端に、大粒の雨がフロントガラスを叩き始めた。進行方向の彼方《かなた》には、小さな稲光も見える。朔太郎はワイパーを操作し、信号を確認した。

愛媛運輸支局前を通過するころには、雨脚も弱くなった。にわか雨、夕立ちの部類らしい。夜立ちというのだろうか。朝立ちなら、違う世界の言葉になる。朔太郎は左車線を進み、国道三三号を逸れ、県道一九三号へ。古びた商店街へと入っていった。

昭和の中ごろまで、森松町へは愛媛県中予地方の私鉄――伊予鉄道が走っていた。現在は線路も撤去または埋設され、終点だった森松駅跡地はバスの営業所となっている。佇《たたず》まいからは、当時の様子が窺えなくもない。

今どき珍しい個人営業の書店、いわゆる町の本屋から少し先で県道を左折した。軽トラックには、カーナビゲーションなどというオプションは存在しない。スマートフォンのアプリだけが頼りだった。路地を十メートルほど進んだ。

冨里冬汰の住処《すみか》は鉄筋コンクリート三階建て、アパート以上マンション未満の物件だった。周囲の店や家屋よりは若干新しい。築年数やデザインも含めて、現在では中途半端な印象の建物に感じられた。

雨が上がった。雲の影から、月も見え始めている。朔太郎は、スズキ・キャリイをエントランスが見える位置に駐めた。コンクリートブロックに囲まれた二階建て一軒家の横だった。路地は広めで、塀に寄せておけば通行の妨げにもならない。

藤嶌から入手したメモを確認した。冨里冬汰の部屋は三〇二号室だった。軽トラックを降り、エントランスへ向かった。

路地は凹凸《おうとつ》が激しく、至るところに水たまりができていた。街灯は一本だけで、しかも旧式だ。雨上がりの月夜でも、かなり暗かった。雨の匂いがした。日中の熱を残したアスファルトに温められたのか、かなり鼻を突《つ》く。

建屋と路地は、サツキの植えこみで隔てられていた。エントランスへ入った。エレベーターはなく、朔太郎は当該物件をアパートと呼ぶことにした。建物の中央を貫く階段は、踊り場で方向転換しながら上階へ伸びている。その左右に二室が配置されている構造だ。階段で三階まで上った。

三〇二号室の前へ着いた。階段を挟む形で三〇一号室がある。両室は廊下で繋がり、部屋の前を手すりで囲まれている。その向こうは軽トラックを駐めた路地となる。もう少し高さがあれば、松山の夜景を望めるだろう。廊下の天井には蛍光灯が設置され、かなり明るい。ドアは金属製で、平成の臭いがした。表札はない。正確には、差しこみ式の表札は貼られているが何も差しこまれていなかった。

朔太郎はインターフォンを押した。古いタイプだが、一応スピーカーつきだ。少し待ったが、反応はなかった。再度押してみるが、同じことだった。廊下の手すりから、身を乗り出してみた。見える範囲の窓から、灯りが漏《も》れている様子は窺えない。

留守宅前で待っていては怪しまれる。雨上がりで湿度が高く、蒸し暑くもあった。朔太郎は軽トラックへ戻って待つことにした。

スズキ・キャリイへ乗りこみエンジンをかけ、エアコンを効かせた。贅沢ではない。人間には生まれつき、快適さを追求する権利がある。

アパートの向かい側、比較的新しい一軒家から親子が出てきた。押し問答となっているようだ。子どもは家庭用の花火を手にしていた。今晩は家族で花火をする予定だったが、急な雨で流れたらしい。雨は上がったことから、花火を決行すると強硬に迫る息子——幼稚園ぐらいだろうか。対して三十半ばの母親は、時刻の遅さを理由に断固拒否。双方は自身の主張を譲らず、対立は深刻だった。頼りなさげな父親の和解調停は難航している。朔太郎は息子を応援したが、結果は母親の勝利に終わった。

親子の姿と同時に灯りも消え、路地は暗さを増した。何か新たなショーが始まらないと、退屈で仕方がない。冨里冬汰は、いつ帰ってくるのだろうか。というか、今夜帰宅するという前提の是非から怪しくなってきていた。

一〇分ほど待っただろうか。後方からヘッドライトに照らされた。ルームミラーで確認すると、一台の原付バイクが路地へ入ってきていた。暗くて車種は分からないが、五〇CCらしい。朔太郎は目を凝らしながら、身を低くした。ヘルメットを被った男は、派手な柄のアロハシャツを着ているように見えた。

原付はスズキ・キャリイを通りすぎ、アパートのエントランス前で止まった。アロハが降りて、バイクを奥へ押していく。朔太郎は、あの辺りに駐輪場があったことを思い出した。エンジンを切って、軽トラックを降りた。

ヘルメットを脱いだアロハが、エントランスへと入っていく。朔太郎はあとを追った。階段を上る音がする。部屋へ入る前に、捕まえた方がいいかも知れない。籠城されたら事だ。

男が三階へ着いたようだ。朔太郎は階段を駆け上がった。

アロハは黄色地で、熱帯の植物がカリカチュアされたデザインだった。男はたすき掛けにしたウエストポーチから鍵を取り出そうとしていた。身長は一七〇センチ半ばで、痩身だ。中途半端な長髪は茶色い。

間違いない。冨里冬汰だ。

「冨里冬汰さん、ですかね」

朔太郎は声をかけた。冨里冬汰は顔をふり向けてきた。目が細く、その他のパーツも控えめだ。三十歳なら、実年齢より若く見える。下は白い薄手のチノパンで、足にはビーチサンダルを履いている。

「ほうですけど」手を止めた冨里は、不審げに言った。「どちらさんで」

名乗ったうえで、朔太郎は名刺を渡した。視線を落とした冨里に続けて言う。

「二番町の〝熟成倉庫〟いうお店、ご存じですよね。そこにお勤めのクミコさん――」

言った途端、冨里は体当たりしてきた。躱《かわ》そうとして、位置が入れ替わる。そのまま、後方へ突き飛ばされた。

「何《なん》しよんぞ！」

朔太郎は咄嗟《とっさ》に叫んだ。手すりにぶつかり、そこが身を乗り出せるほど低いと思い出したときには、世界が反転していた。周りの景色が遠ざかっていく。

背中の衝撃が全身へ伝わった。冨里冬汰に突き飛ばされ、三階から落下した。サツキの植えこみに墜《お》ちていなければ、大怪我《けが》か下手すれば死んでいただろう。灌木の葉は先刻の雨をたっぷりと含んでいて、全身がびしょ濡《ぬ》れになった。むき出しの腕が、随所で軽く痛む。枝に切られたようだ。首筋や顔も同じだった。

久々に地球の重力を感じたわけだが、感慨はなかった。絡みつくサツキの枝から、躰を引き抜こうとした。

朔太郎が躰を起こしたところで、エンジン音が響いた。路地へ駆け出すと、原付のテールランプが遠ざかっていくところだった。アロハの柄から、冨里冬汰だと分かった。暗さと小ささ、加えて揺れと速さでナンバーは視認できない。

朔太郎は走りだしたが、追いつけるはずもなかった。古びたスニーカーを水たまりへ浸《つ》けただけに終わった。

冨里の原付は、県道一九三号を左折した。エンジンの残響も程なく消え、残されたのは街灯の灯りだけになった。

走るのをやめ、息を整えた。再度、全身を確認する。枝による擦り傷以外に、怪我はないようだ。ただ頭から足の先まで、雨と汗でずぶ濡れだった。

スズキ・キャリイへ戻った。ダッシュボードのタオルで頭と顔だけは拭う。エンジンをかけると同時に、エアコンが稼働した。躰が冷えて、服も乾くなら一石二鳥だ。

部屋の前で呼び止めたのは、結果として失敗だった。だが、部屋に入られてから呼び出すことはできただろうか。

フロントガラスの上部に取りつけられた日除け《サンバイザー》へ手を伸ばした。重い感触を、そのまま引き寄せる。黒い回転式の拳銃が出てきた。三八口径、バレルは二インチで装弾数は六発だ。叔父——谷川道造の遺品だった。

高知県の銃器等メーカー株式会社ミロク製作所が六〇年代に、アメリカ輸出用に製造していた物だ。リバティチーフと呼ばれている。ニューナンブと、日本警察への受注を争ったとの噂もある。叔父から譲り受けたが、発砲はおろか持ち歩くだけで違法だった。

ミロクは、リバティチーフの製造を一九六八年に中止している。叔父が生まれる前年だ。現在でもアメリカ市場には出回っているようだが、叔父はどうやって入手したのだろう。高知から何らかのルートでダイレクトに取り寄せたか、アメリカから密輸したか。お守り代わりに持ち歩いているだけだが、これ以上抵抗されるようなら何らかの使用も検討が必要だ。脅しぐらいには使えるだろう。どう揉み消すかは、あとの問題だった。

朔太郎は拳銃をサンバイザーへ戻した。そういえば、しばらく射撃の練習をしていない。練度が落ちていると困る。過ごしやすい時期が来たら、再開しよう。叔父に仕込まれたため、腕には自信がある。射撃練習には、伊予鉄道やJR四国の沿線を使う。人目につかず、ある程度の距離が取れる場所だ。数か所ピックアップしている。電車の通過に合わせて発砲すれば、走行音が銃声をかき散らしてくれる。

冨里冬汰の帰りを待つことにした。来る途中にあるラーメン屋で夕食は済ませてある。スズキ・キャリイが、朔太郎の車だとは知られていないはずだ。警戒さえしていれば、気取られることはないだろう。

一つ息を吐き、朔太郎は徹夜まで覚悟した。

八月五日　火曜日　七：〇六

夜も明け、陽は昇り、気温が上がっても冨里冬汰は帰宅してこなかった。

結局、朔太郎は軽トラック内で夜を明かす羽目となった。完全に徹夜したわけではない。途中うたた寝しては、目覚めて冨里の部屋を確認する。その繰り返しだった。冷えたフライパンで目玉焼きを作るような徒労だ。熱帯夜にもかかわらず、空気は氷点下のごとく素っ気なかった。この国が弱者へ向ける視線と似ていた。冷酷そのもの。

小鳥の囀《さえず》りが聞こえても、鳴き声で種類を判別できる知識が朔太郎にはなかった。蟬も叫び始めている。こちらも種類は判らない。路面は昨夜のうちに乾き切っていた。

夏休み中のため通学する姿は少ないが、通勤者は増えつつある。怪訝《けげん》な目で、こちらを見る人間もいる。これ以上留《とど》まっていれば、怪しまれるだろう。一昼夜着ていた作業服は乾いてこそいるものの、汗を含めた異臭を漂わせている。戦略的撤退が必要な局面らしい。朔太郎は軽トラックを出した。

鷹子町《たかのこ》にある行きつけの温泉施設へ向かう。より近い温泉施設も考えたが、現在地からのアクセスが良い。朝湯の割引もある。

松山は道後《どうご》温泉以外にも温泉施設が多い。どこを掘っても温泉が湧くと評判の町だった。都会ならスーパー銭湯と呼ばれるような大規模施設が、源泉かけ流しで経営している。今向かっているのも、その一つだ。

入浴を終え、服と下着を取り替えた。ついでに髭剃りと歯磨きも行なう。温泉から近くのコインランドリーへ移動、汚れた服の洗濯から乾燥まで済ませることにした。待ち時間に牛丼チェーン店で簡単な朝食を摂り、芳賀に昨晩の失態を報告した。菅原美久は、まだ帰宅していないとのことだった。

「もうちょい、慎重にせんかな」芳賀の鼻息がスマートフォン越しにも聞こえる。「冨里の人間《にんげ》はろくでもないかも知らんけど、油断はしたらいけんぞな。しょうもない奴《やと》ほど、頭が回ったりするもんやけん。この仕事しよったら、よう分かるやろがね」

ふたたび森松町へ。昨晩と同じ位置に、スズキ・キャリイを駐めた。通勤者の波は収まっている。蟬は姦しく、陽光は皮膚に刺さるようだ。

冨里冬汰のアパートを訪問した。インターフォンに反応はなく、三〇二号室内からも人の気配は漂ってこない。

「あんな奴《やと》も完徹かな」

朔太郎はひとりごちた。仕方なく、周辺への聞きこみに切り替えた。車を降りるとき、拳銃を持っていこうか迷ったが、置いてきて正解だった。住宅を訪問して回るだけには物騒すぎる。警察に職務質問でもされれば、それだけでアウトだ。

隣の三〇一号室のインターフォンを押した。こちらも返事はなかった。

冨里のアパートは意外と小さな物件であることに気づいた。各階に二戸ずつ、計六戸しか入っていない。残る四戸もすべて留守だった。

アパートのエントランスを出ると、昨夜花火で紛糾していた一家が車で出かけるところだった。和解が成立したか、親子三人満面の笑みを浮かべている。

嫌な予感がした。あえて早朝の訪問は避けていた。慌ただしい時間帯では、まともに対応されないと考えたからだ。時が鎮まっても、住民が留守では話にならない。

軽トラックを駐めた塀がある家は、太陽の下ではそもそもが空き家に見えた。隣の店舗も営業しているか怪しい。

県道一九三号まで歩くと、昨夜見た町の本屋があった。店先で高齢女性が掃き掃除をしている。朔太郎は声をかけた。

女性は冨里冬汰のことは知らなかった。代わりに、父親の四季蔵は名前だけなら聞いたことがあった。高校の後輩に当たるという。同窓会でも幅を利かせ、あまりいい評判は耳にしたことがないと言った。

冨里冬汰のアパートについても話してくれた。新しいアパートではないのに、住んでいるのは最近町に越してきた人ばかりらしい。しかも、単身者や若い夫婦が多い。本も読まないのか、あまり店にも来ない。

「ほやけど、三〇一号室の吉本《よしもと》さんだけは、よう来てくれるんよ」女性は言った。「あそこは夫婦で入っとるんやけど、奥さんは朝のパートに出とるけん。そろそろご帰宅やないやろか」

路地へ戻り、未練がましく三〇二号室を訪問した。冨里冬汰は帰っていない。太陽はさらに高く上がり、気温も急上昇している。本日も猛暑日の予報だった。日陰にいても、立っているだけで汗が噴き出してくる。睡眠不足か、頭の芯が重い。

書店の女性を信じて、三〇一号室へ向かった。確かに、表札には〝吉本〟とある。インターフォンを押した。

「はーい」間延びした声がスピーカーから響いた。「どちら様やろか」

県会議員芳賀珠美の秘書で、若月朔太郎だと名乗った。一瞬戸惑いが感じられたが、程なくドアは開いた。チェーンはかけられたままだった。その空間に名刺を差しこんだ。保守的な地方では肩書が物を言う。芳賀の威光でチェーンは外された。話がしたいだけなので、チェーンの有無は関係ないが。

開かれたドアから出てきた女性は三十半ば、冷え性なのかカーディガンまで羽織っている。この暑さによく耐えられるものだ。朔太郎は口を開いた。

「お隣の三〇二号室、あそこにお住まいの冨里さんですが――」

朔太郎は適当な作り話を語った。冨里冬汰の職場に、ある女性がいる。冨里とつき合っているようだが、女性の親が心配している。ついては、芳賀県議に冨里氏の身元調査が依頼された次第。

そんな馬鹿なと言われそうだが、色恋沙汰に首を突っこむ県議は実在する。ある県庁職員と臨時職員の女性が恋に落ちる。男は遊び、女は本気。その場合、県議は女性の母親を引き連れ「課長おるか！」と怒鳴りこんでくる。レアケースではなく、こちらを本業としている県議も少なくない。一県民としては、ほかにやることないのかと言いたいところだが。

「ほうですか。大変ですねえ」

吉本はあっさりと納得した。ここは、そういう町だ。

「いえいえ、仕事ですけん。で、冨里さんはどんなお方ですかねえ」

「はあ。ほれ何ですけどねえ」

吉本は、冨里冬汰とほとんど交流がない。会えば挨拶する程度の関係だった。特に問題行動等はなく、可もなく不可もない住人ではないかと言った。茶髪にアロハなので外見は怖い印象だが、中身は穏やかな人間と感じている。

「すみません。お役に立てんで」

「ほんなことないですよ。ただ、何か印象に残っておられるようなこともないですか」

「ほうですねえ」吉本は首を傾《かし》げた。考えているようだ。「一度、冨里さんが歩きスマホをしているときにすれ違ったことがあるんやけど——」

その際、物騒な単語を口にしていたので耳に残っている。吉本はそう言った。

「何て言いよったんですか」

「〝火《ひ》炙《あぶ》り庄屋《しょうや》〟がどうとか」

吉本は傾けた顔のまま、眉まで寄せた。

「何か気持ち悪いでしょう？　何なんやろかねえ、〝火炙り庄屋〟て」

九：三八

スマートフォンやノートPCで検索したが、〝火炙り庄屋〟に関しては何一つ拾えなかった。言葉からして、ローカルな情報に思えた。ならば、インターネットより頼りになる奴を知っている。

朔太郎は松山市花園《はなぞの》町へと到着した。

伊予鉄道のターミナル駅となる松山市駅から、松山城を頂く麓の堀之内《ほりのうち》へ続く商店街だった。昔から飲食店が多く立ち並んでいる。数年前に再開発が行なわれ、通り全体が明るくなった。特に歩道部分の拡張が特徴的で、華やいだ雰囲気を醸し出していた。

冨里冬汰の隣人――吉本と話したあと、森松町からスズキ・キャリイを走らせてきた。

通勤ラッシュは落ち着き、国道及び周辺道路も渋滞は収まっていた。

陽炎《かげろう》が立ち上る花園町の車道を左折した。古びたコインパーキングへ軽トラックを駐車する。この町へ来るのは数週間ぶりだ。再開発直後は新しい店舗等も入り活況を呈《てい》していたが、また〝テナント募集〟の表記が一つ増えていた。市内中心部にはほかに〝銀《ぎん》天《てん》街〟や〝大街道《おおかいどう》〟といったアーケード商店街もあるが、軒並み似たような状況だった。松山も車社会特有の郊外型都市となり、中心部は空洞化が進んでいる。

朔太郎は千舟《ちふね》町と交差する信号を渡った。花園町の東側を少しだけ北上する。全身から汗が噴き出している。多少の日陰があったところで、大した暑さしのぎにはならなかった。寝不足のためか、陽射しで脳の芯が痺《しび》れてくる。

新しいものと、昔からの店舗が混在している通りを進む。反対の通り沿いには巨大なマンションや専門学校に学習塾、新設のホテルまである。街中では新しい〝ルーキー〟の建物だ。朔太郎が選んだのは、複数並ぶ〝ベテラン〟のビルだった。一階の定食店は、確か朔太郎が物心ついたころから営業している。目指すは二階、エレベーターは使わず階段で上っていく。

二階の突き当たりに〝小柴《こしば》理容所〟という看板が掲げられている。ドアはアルミ製で、非常扉と見間違えそうだ。普通、散髪屋は前面ガラス張りが多いが、変えるつもりはないらしい。

ドアを開くと、極端な冷気で一気に汗が引いた。寒いほどだ。店主は極めて暑がりときているが、そのためだろう。

「サクちゃん、いらっしゃい」

ヘアカットチェアの横に、男が一人立っていた。小柄で丸顔。太っているというほどではないが、丸い躰をケーシータイプの白衣に包んでいる。客の姿はない。完全予約制なので、時間が空いていることは事前に確認してあった。

狭い店内だった。中央にヘアカットチェアが一脚だけ、あとは待合ソファと各種理容機器で埋め尽くされている。奥のTVは、夏の高校野球を流していた。男が言った。

「今日は、散髪はええん？」

「先月したとこやけんな」

朔太郎は店主に答えた。七月下旬に、この店で刈ったところだった。いつもどおり、極力短くしてくれとオーダーした。ほかに従業員の姿もない。完全な個人営業だ。店主は、細い垂れ目をさらに細めて微笑《ほほえ》んでいる。温厚なビジュアルは客商売向きと言えるだろう。

店主の名は小柴佑《たすく》、今年三十一歳と聞いている。

「話だけ聞かせてや。次の予約はいつなん？」

訊くと、一時間後だという。朔太郎は待合のソファに腰を下ろした。右隣に小柴が座る。横顔が目に入った。左耳に耳かけ式の補聴器をつけていた。

小柴は生まれつき、右耳の聴力がない。左耳も極度の難聴だが、補聴器により日常会話には支障がない状態だ。だが、あえて大きな声を出すなど、耳が聞こえにくいふりをし続けてきた。

腕がいいと評判だが、小柴理容所はその分料金も高い。地元の有力者などが連れ立って来店しては、順番待ちしながら秘密の会談に興じる。小柴の耳が悪いため安心するのか、侮っているのか。叔父は両方だと言っていた。そのため、小柴は市内でも有数の情報通となっている。

朔太郎が小柴と知り合ったのは、芳賀珠美のコネクションからではなかった。叔父の道造から紹介されたものだった。母と叔父の実家も、小柴と同じく理容業を営んでいた。その縁で知り合ったらしい。

「で、何の話なん？」

「〝火炙り庄屋〟って何か知らん？」

小柴の問いに、朔太郎は単刀直入に返した。一時間が長いのか、短いのか。話の展開次第では、余裕がなくなる恐れもある。

〝火炙り庄屋〟が、菅原美久の行方《ゆくえ》に関係しているかは分からない。あまりにも細い線、いや小さな点だった。だが、ほかに当てがあるわけでもなく、加えて一種の勘というか胸騒ぎめいたものも感じてはいる。気になるなら、潰しておいた方がいい。暑さと寝不足に痺れた頭では、そこまで考えるのがやっとだった。

「火炙り――」若干大きい声で、小柴が繰り返した。「ああ、あれやろ。〝本陣村《ほんじんむら》の火炙り庄屋〟」

「何ほれ？」

「民話ゆうか、伝説よ。民間伝承ゆうんかな」

「どんな話なん？」

小柴佑の説明は要約するとこうなる。

幕藩体制時代のことだ。伊予松山藩のとある場所に、貧しい寒村があった。土地は痩せ、水も少なく、大した作物も取れなかった。ただし地下水に鉄分が多いことから、赤い温泉が少量噴き出ていた。色が珍しく、効能もあると噂が広まっていった。

評判が評判を呼び、伊予国《いよのくに》の諸藩からも注目を集めることとなった。結果、参勤交代へ向かう大名が好んで立ち寄り始めた。だが、貧しい村に本陣や脇本陣を構える経済的余裕はなかった。そのため庄屋を中心に、村を挙げ精一杯のご馳走《ちそう》でもてなす習わしができあがった。徐々に人気が高まり、いつしか村自体が〝本陣村〟と呼ばれるようになっていく。

そうした日々が続いていた、ある年のことだった。天候不順により、作物類が記録的な不作となった。村は飢饉《ききん》の一歩手前に陥っていたという。

だが、参勤交代の大名は構わず押し寄せてくる。村人は困り切っていた。

そんな中、ある大名が〝本陣村〟へ立ち寄った。その大名は以前から注文が多く、横暴な振る舞いに村人は弱っていた。

庄屋は、意を決して貧しい粗食でもてなすこととした。それでも、当時の村としては精いっぱいのご馳走だった。

結果、大名は激怒した。

「これが今、我が村にできる精一杯のおもてなしでございます」

「ふざけるな！　わしを誰だと思っておるのか」

庄屋のとりなしにも、大名は耳を貸さない。怒りは収まることなく、家来に命じて庄屋の一族を彼らの自宅へ監禁してしまった。そして、そのまま屋敷へ火を放つ。

庄屋の一族は皆、焼死することとなった。

その後、新しい庄屋が置かれた。それからも大名は村へ立ち寄ったが、次々と奇病により死亡もしくは再起不能となっていった。

死んだ庄屋一族の祟りではないか。そう恐れられ、話は松山藩を越え伊予国全体へ広がっていった。立ち寄る大名は消え、温泉も埋め立てられた。庄屋一族の無念を鎮めるため、祠《ほこら》が設置されたと言われている。

明治維新後には、〝本陣村〟の名称自体も消え失せてしまった。正式な地名や今どの辺りを指すかも不明となり、現在に至っている。


「そんなことがあったん」朔太郎は訊いた。さすがに目を丸くしていたと思う。

「サクちゃん、聞いたことなかった？」

知らなかったと返した。続けて史実なのか問うと、小柴は眉唾だと答えた。

「江戸時代なら、そんなに昔の話でもないけんな。火を放った大名がどこの藩なんか、記録もないんはおかしいやろ」

伊予国には、伊予八藩と呼ばれる藩が存在した。参勤交代で江戸を目指し、松山を通過するなら南予《なんよ》の藩が有力だ。宇和島《うわじま》藩、大洲《おおず》藩、伊予吉田《いよよしだ》藩、新谷《にいや》藩。小柴によると、いずれの藩にもそうした記録は残されていないという。

「大名やゆうても、そんな不埒《ふらち》な真似したらただでは済まんけんな。幕府にでも知られたら、ひどこいお咎《とが》め受けたはずよ。当時の幕府は、外様《とざま》大名なんか潰しとおてウズウズしとったはずやけん。格好の口実与えてしまうやろ。なんぼ何でも、そんな下手は打たんわい」

伊予八藩は、他国の藩と比較しても安定した運営がなされてきた。高知や徳島のように大藩一括経営ではなく、小藩に分かれているにもかかわらずだ。藩の存亡に関わるようなスキャンダルには、神経を尖《とが》らせていたのではないか。

また、当時は参勤交代用の海路が発達していた。いくら本陣村が魅力的であったとしても、あえて陸路を使う必要もない。

「何か、似たような事件はあったんかも知れんけどな」小柴は続ける。「かなり脚色されとんやないかなあ。知ってのとおり、松山とかこの辺は水がないとこやけん。昔から村同士とかで、相当揉めてきたやろ。そんなんの絡みとか、いろいろあったと思うよ」

「その〝本陣村の火炙り庄屋〟の伝説なんやけど」朔太郎は質問した。「冨里一族とは何か関係があるんやろか、繋がりとか」

「冨里って、あの？」小柴は訝《いぶか》しげな顔になった。「いやあ、聞いたことないけどな」

「〝本陣村〟ゆうんは、今の何町になるんで？」

「もちろん、はっきりとは分からんのやけど」小柴は首を傾げながら言う。「松山市の南部やって聞いたけどな。余戸から垣生《はぶ》にかけてのどこからしいけど、定かやないわい。それも含めて、いい加減な話よ。それこそ、サクちゃん。余戸辺は詳しいやろ」

「お袋の実家があるだけよ」朔太郎は答えた。「小さいころは、よう遊びに行ったし。叔父貴は死ぬまで住んどったけど。もう引き払ってしもとるけんな」

朔太郎は余戸南の共葬墓地で寝泊まりしているが、夜に帰るだけだ。

「ほうか、余戸やけんな」小柴は一人、合点がいったという顔になった。「冨里は余戸の出やけん。今も本家が余戸にあらい。庄屋の家系やし、そういう意味では何か繋がりがあるかも知れんね」

冨里一族は余戸を中心に、松山市南部を地盤としていた。朔太郎が失念していた事柄だった。

「どうやったら、その伝説とか調べられるやろか」

「地元の公民館とか行ってみたらええんやない？」小柴は返してきた。「公民館主事とかやったら、地域の歴史には通じとると思うよ」

そうしてみると答え、朔太郎は腰を上げた。情報料は一カ月分まとめて、芳賀が小柴の口座へ振りこむ段取りだ。このあと、秘書の戒能由美に連絡しておけばいい。藤嶌や、ほかの情報屋も同様の決済システムにしている。

廊下に出た。理容所の冷気から解放されると、一気に汗が噴き出してきた。真夏の熱波はビル内にまで侵食してきている。

曖昧な民間伝承を追っているだけで、菅原美久に辿《たど》りつけるのか。何とも心許ない話だった。だが、現時点ではほかに追える筋も見当たらない。

寝不足で頭が重い。加えて、酷暑で脳髄がとろけている。太陽の下へ出るために、朔太郎は意を決する必要があった。

一〇：三一

朔太郎は余戸東にある余土《よど》公民館を訪ねた。

余戸と余土。重複する地域を指す似た地名だ。混同している者は松山市民でも多い。朔太郎も叔父がこの地域に住んでいなければ、区別はつかなかっただろう。

古くから余戸、保免《ほうめん》、市坪《いちつぼ》という三地区があった。それらが集まって温泉郡――創設時は伊予郡余土村を形成した。戦後に松山市へ編入される際、大字は昔からの地区名とされたが、公的機関には「余土」が使用され現在まで続いている。余土小学校や余土中学校、余土公民館もそうだ。逆に私鉄の伊予鉄道余戸駅に代表されるように、私的機関は「余戸」を使用する例が多い。

余戸東の中心部には公的機関が集中している。旧余土中学校の移転に伴い点在していた市役所余土支所、余土保育園、消防団のポンプ蔵置所がまとめられた。新設の施設が多いため、外壁が夏の陽光に白く輝いている。

道路を挟んだ南側には古くからの余土小学校が立ち、隣接する路地の西隣が余土公民館だ。旧中学校のプール等跡地で、体育館はそのまま公民館の体育施設として利用されていた。ちなみに余土中学校は、坊っちゃんスタジアムや愛媛県武道館を擁する松山中央公園北側へ移設された。

朔太郎は、公民館の駐車場へスズキ・キャリイを入れた。殺人的な暑さで駐車場のアスファルトが溶け、軽トラックはじめ自分自身も沈みこむのではないかと恐れてしまう。

なぜ〝本陣村の火炙り庄屋〟を追っているのか。朔太郎にも分かっていなかった。それを調べることは、果たして菅原美久の捜索と同義なのか。美久や冨里冬汰に次の動きが見えるまで、時間を潰しているに過ぎない気もする。二人の関係が曖昧模糊《あいまいもこ》としている以上、見える点や線は追うべきと自分に言い聞かせて行動している。

二階建ての建屋には、開放的な玄関が備えられていた。中に入ると、程よく空調が効いている。先刻の理容所には劣るが、公的機関は省エネも大切だ。

前を若い女性が通りかかった。呼び止めて、用件を告げた。

「地元の民間伝承について知りたいんですが」

よく見ると公民館職員ではなく、東隣の支所職員だった。それでも丁寧な対応で、担当に取り次ぐと言った。

昔、松山市役所の職員は対応が悪いと評判だったらしい。こんな話を叔父の道造から聞いたことがある。高校の同級生が県庁に勤めていて、そこからの伝聞だった。

叔父の同級生が二十代だったころ、国庫補助金申請のヒアリングに市町村職員を県庁へ呼んだ。当時県下には、大小七十市町村が存在。松山市のように人口五十万都市もあれば、総人口が三百人強という村まであった。現在はいわゆる平成の大合併により、二十市町に収まっている。

ヒアリングの終盤、松山市役所職員が大挙してヒアリング会場へ押し寄せてきた。十数人はいる。横柄な態度で、会場後方に陣取った。人口千人に満たない、島しょ部町村の女性職員は萎縮してしまっていた。

「いいっす。いいっす。松山市《うち》いっぱいありますけん。お先にどうぞ」

確かに県都なので、申請件数は各段に多い。順番を譲るのは良いことだが、態度がいただけない。恫喝《どうかつ》しているようにさえ見える。島しょ部の女性職員は身をすぼめ、恐縮しきりだった。

松山市のヒアリングとなった。

「Aくん、これは何やったかな」「Aくん、それは何ぞな」「Aくん、どこを開けたらええんかな」

十数人の職員全員が、〝Aくん〟にすべて聞いている。十数人で押し寄せながら、仕事をしているのは〝Aくん〟だけということだ。人事異動直後の年度当初であることを差し引いても、何ともいやはやと同級生は言っていたそうだ。

そのくせ国の会計検査が入ると、七十市町村でもっとも慌てふためき恐慌に陥る。それでも自分では動かず、他人を顎で使おうとしていたらしい。

そんな松山市役所も、最近では格段の進化を遂げているという。芳賀珠美から聞いた話だ。時が経《た》ち、東日本大震災発災直後のことだった。当時、多くの避難者が愛媛にも訪れた。県及び二十市町すべてが対応に追われていた。

「あの折の松山市役所は機動力が凄《すご》かったけんな」芳賀が言う。「そこまでするか言うぐらい、素早く動きよったよ。県庁なんか怖《お》じてしもて〝スキーム〟がどうじゃの、田舎のチンピラ役人がどこぞで聞きかじってきた寝言ほざいて、あの国難から逃げ回りよったんやけん。普段は偉そうにしよるけどよ、市役所の爪の垢《あか》でも煎《せん》じて飲ましてもろたらええわい」

叔父の同級生が語ったところも、昔話に過ぎないようだ。公職の常で、悪く言う者は今も絶えない。ただし一連の公務員バッシングを経て、松山市はもちろん他市町や県でさえレベルアップを図っている。そうでなければ、現代社会では通用しない。芳賀も、そう言っていた。

「その分、面白い奴《やと》も減ってしもて」これも芳賀と叔父、共通の意見だった。「昔は、県や市にも大物がおったで。あんまり他所《よそ》で大きな声では言えんような連中ぎりやったけどもやな」

レベルアップしたという市役所職員に、我が運命を委《ゆだ》ねることとしよう。朔太郎は待つことにした。

支所職員の女性が連れてきた男性は、長身ですらっとしていた。三十代半ばだろうか、温厚そうな顔立ちだった。ポロシャツにスラックスという軽装だ。

「こちら、余戸とか地域の歴史には詳しいですけん。大丈夫ですよ」

支所職員の女性は請け合い、炎天下の下へと去っていった。

男は余土公民館の公民館主事で、今村《いまむら》と名乗った。互いに名刺を交換する。県議の秘書と見て驚いてはいたが、そんな威光がなくても話が通じる物腰に感じられた。

「どうぞ、こちらへ」

最近の市役所職員らしく、対応は丁寧だった。突然のアポなし訪問にも、眉一つひそめるでもなかった。

通されたのは、談話室か応接室のような部屋だった。正式名称は見落とした。ガラステーブルを挟み、カジュアルなソファに腰を落とした。

「それで、余戸のどういった歴史をお知りになりたいんですかね」

「〝本陣村の火炙り庄屋〟ゆうて、ご存知ですか」

今村の質問へ単刀直入に返した。

「いやあ。久しぶりに聞きましたなあ」今村は笑顔も爽やかだった。「私が公民館に入ってからでも、聞くんは二回目やなかろか。何かあったんですか。県議の先生が気にせんといかんような」

人に質問しておきながら、自分が訊きたいとはさすがに言えなかった。単に、冨里冬汰が呟《つぶや》いていたという言葉に過ぎない。それも、隣人吉本からの又聞きだ。菅原美久の行方とどう繋がるのか、何の確証も得ていない状態だった。それでも、冨里冬汰の帰りを漠然と待つよりはましだろう。そう考え、猛暑日の日中を動き回っている。熱気と寝不足で痺れた精神が、何か見えないものに引きずられている感さえあった。

「いやあ。芳賀の支援者に、この辺の伝説に詳しい人がおるらしいんで」適当な嘘《うそ》は、いくらでも出る。「〝その人と話を合わしたいんで調べてこい〟て言われまして。困ったもんですよ。県議じゃのゆうても、しょせんは人気商売ですけんね」

「それは、暑い中お疲れ様です」今村は明るい表情を崩さない。「でも、申し訳ないですが。そういう民話があることは私も知っとりますけど、文献なんかは一切残されとらんのじゃないですかねえ。松山市内だけでも伝えられとる民間伝承は夥《おびただ》しい数に上りますが、中でもかなりフィクション性が高い話やと認識しとります」

「そっち方面に詳しい人間から聞いたんですが」朔太郎は明るく言う。「〝本陣村〟は、この余戸近辺やないかなんてゆう話も伝わっとるらしいんですけど」

「その説は有力やと思いますねえ」

視線が合った。今村の目が少しだけ熱を帯び始めていた。

「余戸は昔から水が悪くて、地下水の鉄分が多いでしょう。水道が発達する前に、使用されていた井戸からは赤い水も出ていた言《ゆ》うし」

朔太郎はうなずいた。毎朝のように井戸水を浴びている身としては、水の悪さは身に染みている。

「松山は、どこを掘っても温泉が湧くって言われとるでしょ。実際、余戸にも温泉はあるんですよ。この公民館からそんなに離れとらんところです。もちろん湯は赤いことないですけど」

今村の笑みに、愛想笑いを返した。口が滑らかになってきたのを感じる。

「ほやけん、場所によっては、赤い色をした温泉が出ていた可能性はあると思うとるんですよ。それが血とかを連想させて、そんな残酷な民話を生み出したんやないですかね。若月さんは、本陣村の伝説がどんな話かはご存じなんですかね」

「はい」朔太郎は答えた。「概略だけですけど」

「松山にも民話や伝説はいろいろあるんやけど、人が死んだり殺されたりする方が人気は高いんですよ。人間の性《さが》ですかねえ、困ったもんで」

当該地域の民間伝承に、さらに詳しい人間をご存じないか。朔太郎は訊いてみた。専門的に研究しているレベルなら、より助かると。

「愛媛大学に、田中《たなか》先生という教授がおいでます」今村は答えた。「主に、中予地方の民間伝承を研究されとる方で。実際に、余戸近辺にも足を運ばれとりますから。数年前には、私もフィールドワークに同行したことがありましてね。そのときに、本陣村の話題も出て。若月さんで二回目ということになるんですよ」

「お会いすることはできますかね」

学生は夏休みでも、教授までフリーなわけではない。愛大——愛媛大学の略称——に確認してみると言って、今村は席を立った。

今村が外している間に、朔太郎はスマートフォンを取り出した。次のアポイントメントについて、手配を始める。

スマートフォンを片づけていると、今村が帰ってきた。

「すみません。今日は学会で、県外に出とられるそうです。明日には愛媛に帰って来られるそうなんで、若月さんを紹介していいか打診してみますが。それでええですか」

大変助かると答えた。今村もスマートフォンを手にしていて、連絡先を交換した。

「話は変わるんですが」朔太郎は言った。「もし、もしですよ。万が一に本陣村がこの辺に存在していたんやったとしたら、今で言うどの辺りですかね」

「少々お待ちください」

今村はふたたび席を立った。戻ってきたときには、A2サイズはある大きなペーパーを手にしていた。ガラステーブルに広げていく。

ペーパーは、株式会社ゼンリンの住宅地図をコピーしたものだった。余戸地区の西側、伊予鉄道の線路より海側となる地域が記されている。

「ほうですねえ」今村は赤いサインペンを手にしている。「田中先生とも話したんですけどねえ。たぶん、この辺り」

今村は、サインペンで地図のコピーを囲み始めた。その範囲は、余戸中心部から北側と南西にかけての一帯だった。

「この辺りやないかと、田中先生も言《ゆ》うとりました」今村が補足する。「伊予鉄の線路より西側で、垣生まではいかない範囲。この中のどこかやないかと。まあ、何の証拠もないですけど。歴史ロマンいや、そう言うにはちぃと血生臭すぎるかな。恐《おと》ろしい話ですけんね」

一一：四二

次のアポイントメントが午後となったため、朔太郎は余戸中心部——余戸中《ようごなか》と呼ばれる地域へ立ち寄ることにした。余土公民館から数分しか離れていない。公民館主事の今村が、地図上で示した地域の始点だった。

これも本陣村の伝承を追う延長、いや単なる暇つぶしだ。本来の目的は、菅原美久の捜索だった。当然、忘れてはいない。次のアポイントメントは、少なくとも〝本陣村の火炙り庄屋〟伝説よりは本筋に直結していると思われた。

地図のコピーは今村から受け取っている。朔太郎は、この辺りにある程度の土地鑑があった。母の実家があり、生前の叔父——谷川道造が暮らしていたからだ。今は住居自体が撤去されている。以前訪れたのは叔父の生前だから、一年以上前になる。

叔父の谷川道造は一年前、心臓病により逝去している。享年五十四歳。母親の弟だった。身長は一七〇半ば。痩せて筋肉質なことや、顔立ちも若いころは朔太郎に似ていたと知る者皆が言う。

余戸地域は人気の住宅街だった。愛媛県庁など県都に本部を持つ企業や団体の職員は、こぞってこの近隣エリアに家を建てたがるという。

余戸及び近隣地域が住宅街として開発されるのは、昭和五十年代以降のことだ。

「わしが小学校入った折は学年に五クラスしかなかったけど、卒業するとき一年生は一二クラスあったけんな」

叔父は団塊ジュニアより少しだけ年上だ。第二次ベビーブームと、松山市の都市化に伴うドーナツ化現象が重なった結果だった。あまりにも増えすぎた児童に対応するため、松山市は余戸中にさくら小学校を新設する。伊予鉄道の線路が学区の境となる。そのため、同じ町内会で小学校の違う子供が生まれた。

「学校が違うけん、祭りのときとかしか会わんやろ。仲良にせえ言うても上手いこといかんので、世話役らはしんどかったらしいわい」

このように、叔父から昔の様子は聞いていた。田園が主で、家屋が集中する地域が疎《まば》らに点在していたという。新築住宅もあったが、より古い家屋も多かった。昭和の漫画を思わせる空き地もあり、よく野球などしていたらしい。〝ドラえもん〟や〝ちびまる子ちゃん〟の世界だ。

田んぼでは、カブトエビという謎の生物採取が流行した。形はカブトガニに似て、メダカより小さい。用水路に入ると、網で鮒《ふな》やザリガニが掬《すく》えた。蛭《ひる》に血を吸われ、泣く子供もいた。

朔太郎は、昔話と化した地域を軽トラックで進んだ。今は新興住宅地となり、似た形の物件が幾何学的に整然かつ所狭しと並んでいる。残された農耕地を新設の家屋が凌駕《りょうが》している感じだ。

総じて、余戸は便利な町だ。場所によっては医療機関や商業施設、飲食店にコンビニエンスストアまでが徒歩圏内という東京並みの暮らしも可能ときている。だが、それらは国道五六号や新たに設置された環状線など幹線道路沿いに集中していた。すべての地域が均一に発展しているわけではない。叔父は言っていた。

「余戸の駅前には商店街があってな、賑《にぎ》やかやったもんよ。今は見る影もないけどな」

現在でも伊予鉄道余戸駅の前には銀行やドラッグストア、弁当店などが立ち並ぶ。学習塾などもある。少ないながらも、昔からの店も残っている。それでも、静かな印象は否めない。松山市自体が、中央の空洞化が進む車生活を中心とした郊外型都市だ。余戸地区は、そのミニチュアモデルと言えなくもなかった。

道路の広い箇所を見つけては、スズキ・キャリイを駐車した。苛烈《かれつ》な陽光が降り注ぐ町へ降り立つ。頭の奥に、微弱な電流を流されたような痛みがある。日射病か熱中症、または単なる寝不足か。足がアスファルトにつかないような、宙を浮いてる気さえする。

少し歩いた。都市部を思わせる無機質な住宅が続くと、突然に田畑が広がる。木造の建物は総じて古い。寺社もある。たまに大きな屋敷や祠を見ては、〝本陣村〟の跡ではないかと考えるが証拠などない。

母の実家があった地域だ。朔太郎も幼少時によく訪れた。その際よりも、開発が進んでいるような気もする。

松山は俳句の里と謳《うた》うだけあって、市内に多くの句碑がある。余戸とその周辺地区にも、個人の住宅敷地内にまであるそうだ。中でも有名なのは、正岡子規《まさおかしき》の三碑だろう。

〝行く秋や手を引きあいし松二木《にぼく》〟

余戸東の三島大明神《みしまだいみよう》社境内に建立された碑だ。同境内には〝手引きの松〟という不思議な松があった。独立した松二本が、地上五メートルあたりでH型に枝を繋いでいた。市の天然記念物にも指定されたが、マツクイムシの被害により枯れてしまった。現在はH型の部分だけが、句碑とともに境内で展示されている。

〝若鮎《わかあゆ》の二手になりて上りけり〟

この碑は余戸と隣接する出合《であい》地区に建つ。市内を流れる石手川《いしてがわ》と重信川《しげのぶがわ》が合流する地点〝出合〟の特徴的な地形を捉えている。当時は現在のように出合橋がなく、子規は渡船に乗ってこの句を詠んだという。

両碑とも愛媛県内ではもっとも早くに建立された正岡子規の句碑で、歴史がある。

また、松山中央公園――坊っちゃんスタジアム前には、やはり正岡子規による〝草茂みベースボールの道白し〟の句碑がある。

正岡子規の野球好きは有名だ。ベースボールの普及に努めた功績から、野球殿堂入りさえ果たしている。坊っちゃんスタジアムには、子規の幼名――升《のぼる》にちなんだ〝の・ボールミュージアム〟という施設もある。

坊っちゃんスタジアムは市坪にあり、旧余土村のエリア内だ。

「さすが、子規よ。俳句は写生じゃのと提唱するだけあって、見事な句ぎりやわい」

叔父は薄汚れた職業に似合わず、読書好きだった。その影響か、朔太郎も本は嫌いじゃない。アパートでも借りて落ち着いたら、読みたい本が無数にある。

小学生のころ、叔父とはこの町でよく遊んでもらった。特に覚えているのはこの辺りの反対側、今出《いまず》街道を挟んだ余戸地区の北側を散策したときのことだ。

松山市久保田《くぼた》町に履脱《くつぬぎ》天満神社があり、菅原道真公《すがわらのみちざね》を祀《まつ》っている。地元では〝天神さん〟と呼ばれ親しまれ続けてきた。

菅原道真が京から太宰府《だざいふ》へ流される際、船が難破し越智《おち》郡桜井《さくらい》町、現在の今治《いまばり》市へ漂着した。そこから松山市内へ移動、三年間逗留《とうりゅう》した――靴を脱いだ――のがこの地だと言われている。

あまりの長い滞在に、都は勅使《ちょくし》を送り筑紫《つくし》へ向かうよう促した。そうして道真が浜から出発する際に「今から出発する」と声をかけた。そのため、今もその浜は〝今出《いまず》〟と呼ばれている。

なお入口に設置されている社号標の石碑は、陸軍大将——秋山好古《あきやまよしふる》の揮毫《きごう》による。そのことからも、由緒正しき場所と分かる。しかも天神さんらしく、学業成就の神様だ。叔父が、朔太郎を連れて行きたがったのも理解できるところだった。

余戸中地区からはかなり距離がある。徒歩の小学生が疲れ果てるのも無理はない。道中、朔太郎は田んぼの傍に石を見つけた。人間の頭部や、大ぶりな西瓜《すいか》より巨大なサイズだった。苔《こけ》むしてはいるが、表面は滑らかだ。

腰を下ろそうとした途端、朔太郎は背後から叔父に腕を引っ張られた。

「そこに座ったりしたらいけん！」

かなり強い口調だった。朔太郎に関してだけは温厚な叔父には珍しいことだ。

「その石は除《の》けたりしたらいかんのぞな。触ったりもせられん。小便なんかかけたら、えらいことになるんやけん」

叔父によると、石の下には菅原道真が連れていた従者が眠っているらしい。つまり、お供の墓ということだ。道真がこの地に逗留していた際、都からの追っ手と争いになり殺害されたという。

それ以来、地元の人間はこの石を恐れ奉《たてまつ》ってきた。一つだけではない。見ると田園の似た位置に、同形状の石が散在している。

菅原道真の太宰府への道程には諸説あり、専門家でも断定が難しいと何かで読んだ。たとえば道真が流れ着いた今治の地には、〝菅原〟の一字を取った菅《かん》という苗字が多いと言われる。道真自身が、感謝の意を込めて地元民へ贈ったとされている。

一つ言えることは、余戸北部は南部に比べて開発が遅れている。住宅街と化した南部に対して、北部は町の向こうが見通せる田園地帯のままだった。さくら小学校の開設以外、目立った発展はない。菅原道真の従者が眠る墓石は、余戸の北西部に集中している。伝説の影響か、単なる都市開発計画との関連かは朔太郎にも分からなかった。

そういえば、菅原美久と和の母娘とは〝菅原〟繋がりだな。そんな詮無いことも考えたりした。

正午を過ぎ、太陽は頂点に達した。陽光は留まるところを知らず、寝不足の頭を焦がし続けている。住宅街を歩く足元も覚束なかった。周囲に人の気配はない。白昼の静寂を乱すのは、蝉の声だけだ。

暑い中、いい時間つぶしにはなった。多少のノスタルジーも感じられた。この辺にはそうした風情が、松山市中心部などよりも備わっていると思う。都会でも地方においても、住宅街とはそうした町並みなのだろう。

軽トラックへ戻ろう。ふり返ろうとした瞬間だった。

風景が暗転した。現代的な住宅が、ドミノのように倒れて渦を巻く。新しい町並みだけではない。古い木造家屋も同様だった。アスファルトは溶け、何もかもが消え去っていく。

眩暈《めまい》がした。回転しているのが自分の意識か、周りの風景なのか分からない。気がつくと、朔太郎は田園の中にいた。叔父の想い出——昭和の情景ではなかった。もっと前だ——たとえば本陣村があったころのような。

目の前には田畑と荒れ地が広がり、古く小さな屋敷が点在している。スニーカーは泥の畦道《あぜみち》を踏みしめ、用水路には少量の水——赤い色をしている——が流れる。人の姿はない。変わらないのは蟬の声だけだった。

朔太郎は歩いた。脳の中心が麻痺《まひ》している。寝不足か、暑さによるものか。ただ、少しだけ過ごしやすい。コンクリートとアスファルトに囲まれた町より、木と土の村は快適だった。

当てなどなかった。今の状況から脱したいのか、それさえ不明だ。

いくぶん大きな屋敷が見えた。侍みたいな風貌の男たちに取り囲まれていた。男たちの手には松明《たいまつ》があった。真夏の陽光に負けないほど、先端が燃え盛っている。

炎が屋敷に近づいていった。

「やめんかい！」

朔太郎は叫んだ。いや——そのはずだが、声の出た気配がない。駆け出そうとする足も重く、動かなかった。

屋敷が燃え上がった。同時に周りの風景が回転を始めた。田畑や荒れ地が飛び、泥が消え、赤い水が舞う。屋敷は炎に包まれ、そして——

朔太郎は、令和の住宅街に立っていた。アスファルトとコンクリートに囲まれた灼熱《しゃくねつ》の空間。汗だくだった。蟬の声がする。

軽トラックへ戻った。思ったよりも、スズキ・キャリイは近くにあった。乗りこんで、エンジンをかける。空調に一息つき、ダッシュボードのタオルで汗を拭う。顔だけでなく、首や腋の下も擦《こす》った。

何が起こったのか。朔太郎は考えないことにした。結論が出ないことは、悩んでも仕方がない。古びた因習のある田舎町で暮らす処世術かも知れなかった。

とにかく、ここから離れよう。朔太郎はスズキ・キャリイを走らせた。

一二：五八

松山市須賀《すが》町が見えてきた。松山環状線から県道四三七号へ左折し、瀬戸内海《せとないかい》へ向けて進んでいる。

県道に沿って右折せず、川を渡って直進した。右手に見える愛媛県松山西警察署を尻目に、ステーキハウスまで車を走らせた。

有名なファミリーレストランがチェーン展開している店だ。ランチタイムも終盤を迎えてか、駐車場には多少の空きが見え始めている。居並ぶ車を避けながら、駐車スペースを探した。

スズキ・キャリイを空きスペースに収め、ステーキハウスへ歩いた。気温はさらに上がっている。ミディアムレアを食す前に、自分がウェルダンにされそうだった。

店内の冷気に安心した。店員に連れがいると告げ、秋吉菜々子《あきよしななこ》を探した。

秋吉は奥の席にいた。ランチでは一番高いステーキにナイフを入れている。ランチメニューを選んだだけ、この女としては気を遣っている方だろう。

年齢は四十三歳、身長は百六十二センチと聞いているから中肉中背だろうか。肩甲骨までの髪をひっつめにして、顔立ちも大人しい。性格を知らなければ、地味な印象を持たれるかも知れなかった。服装は白い半袖ブラウスに黒のパンツ、靴は黒いスニーカーだった。

松山西警察署生活安全課の巡査部長だ。経済保安係に所属し、主に特殊詐欺などを担当している。

「サク、来た?」ステーキから顔も上げずに言った。「まあ、お座りや。〝仕事〟の話は食べてからにしよ。あんたも注文し」

一番安いハンバーグセットにした。他人の金で飯を食うなら、社会人として最低限のマナーだ。品が届き、黙々と食べた。流しそうめんでも食べたい猛暑日だが、食欲はある。二人とも食べ終え、ともにアイスコーヒーを追加した。食事後も居座る以上、これも店に対するマナーだろう。

「頼んどいたモン、手に入った？」

「最近は、警戒が厳重になってね」朔太郎の問いに、秋吉は答えた。「ペーパーでは無理やったけんど、口頭やったら入手できたわい」

秋吉は県警組織内に女性職員のネットワークを構築し、情報取集に勤しんでいる。担当部署以外の情報にも通じ、県警内で知らぬことはないと大口を叩くほどの情報通だった。そうして得た事柄を闇で切り売りし、小金を稼いでいた。

金に汚く、権力に弱い。いわゆる悪徳警官だが、本人は開き直っている。

「しょうがないやん」秋吉はときおり言う。「金が要るんよ。この国の政府は、子持ちのシンママなんか人間やと思とらせんのやけん」

離婚歴のあるシングルマザーで、小学四年生の娘がいる。娘には知的障がいがあり、県立の特別支援学校へ通っていた。

県警に入ったころから、芳賀珠美には目をかけられていた。芳賀は女性の公務員に注目し、隙あらば取りこもうとしている。秋吉も、今では子飼いといっていい存在だ。芳賀にとっては朔太郎同様、多くあるコネの一つだろう。

その縁で秋吉も朔太郎の叔父から、地元政財界の裏についてレクチャーを受けた。刑事昇進など現在の役職に就けたのも、そのおかげだ。県警内の情報ネットワークを駆使することで、裏社会で頭角を現すこともできた。

恩義を感じてか、芳賀に対しては格安で県警の内部情報等を提供している。ただし食費その他、必要経費は別だ。今回の一番高いランチセットも芳賀持ちとなるだろう。

　今朝、森松町から出発する前に、冨里夏彦殺害に関する情報収集を依頼してあった。余土公民館で待っている際に確認したところ、この時刻のステーキハウスを指定された。そのため、余戸地区の散策で時間を潰してきたわけだった。

　次男の夏彦殺害と、三男の冬汰が菅原美久に接触し始めたタイミングは合致している。偶然かも知れないが、看過はできなかった。

「冨里家の次男坊、夏彦が殺害されたんは二週間前やったな」

「ほうやね」秋吉がスマートフォンのメモ機能で確認する。「七月二二日の火曜日。その早朝に自宅の書斎で発見されとるけん。ちょうど二週間か」

　秋吉は遺体の基本情報を述べた。冨里夏彦。三十四歳。松山市会議員——当選二期目の現職だ。現在は独身、湊《みなと》町のマンションで一人暮らしをしていた。

　会ったことはないが、現職市議なのでＴＶ等では見ている。身長は一七〇センチ半ばで痩身、目鼻立ちも控えめ。弟の冬汰に似ている気もする。

「冨里一族ゆうんは、女癖が悪いんで有名でな」

　自身の離婚顛末《てんまつ》でも思い出したか、秋吉が露骨に顔をしかめた。口に入った蠅《はえ》でも噛《か》んだような表情だ。

「ほれで、被害者《マル害》も離婚しとったらしい」

　遺体は長男春雄の妻——奈緒《なお》によって発見されている。連絡がつかないことを不審に思った夫から頼まれ——春雄は所用があったらしい——断りきれずに仕方なく夏彦のマンションを訪ねたという。

「遺体は、どんな様子やったん？　他殺は間違いないんやろ」

「ひどかったらしぃよ」秋吉はスマートフォンを操作し続ける。「捜査本部《そうほんこ》の娘らは、あれが他殺やなかったら、この世に殺人なんかないて言いよったわい」

夏彦の遺体は厚紙の米袋を被せられ、頭部を大ぶりな刃物で割られていた。現場の状況から、晩酌中に背後から襲われたものと見られている。秋吉は現場を見たわけではない。松山東警察署に設置された捜査本部にも入っていなかった。あくまで伝聞だ。

「遺体《おろく》の写真は貰《もろ》とんやけど、見る？」

「要らん」朔太郎は右手を振って断った。

秋吉がスマートフォンを隠した。アイスコーヒーが届いたからだ。ストローを差し、ともにブラックで飲んだ。

「首筋に火傷痕があったけんな」秋吉が続ける。「スタンガンで動きを封じて、米袋を被せた。で、刃物を振るったんやないかゆうんが鑑識の意見よ」

犯行当時、自宅にいたのは夏彦のみと見られている。

「ほやけど、外部の犯行と考えるには侵入ルートが分からんのでね」

書斎こそ開放されていたが、自宅マンションはドアや窓すべてに内側から鍵がかけられていた。

「それから、被疑者《マル被》はおかしなこともしとってね」

何かと問うと、秋吉は説明を始めた。

「米袋の上から、縦に白いスプレーで線を引いとってね。傍には野球のボールが転がっとった。それも硬球よ。被疑者《マル被》が置いたんか、マル害のものかは分からんのやけど。ね？　おかしいやろ」

「夏彦は野球が好きやったん？」

「それは聞いとらんねえ。少なくとも、スプレーで線を引いたんはマル被やけん。何でこんなことしたんやろかて、皆が言いよらい」秋吉が首を傾げる。「ボールに白線て、野球場やあるまいし」

「野球場――」

言って、朔太郎の中で何かが閃《ひらめ》いた。

「それ、正岡子規の俳句と違うん？」

〝草茂みベースボールの道白し〟――夏の句だ。季節も合う。

夏彦が夏に殺された。夏の句に見立てられて。悪質な洒落《しゃれ》だろうか。

「それ、坊っちゃんスタジアムにある碑？　聞いたことあらい」秋吉は怪訝な顔だ。

「でも、何でほんなことせんといかんの」

「……いや、見立て殺人とか」どうも口幅《はば》ったい。

「あの釣鐘の下に死体入れるとかゆうヤツ？」ストローを咥《くわ》えたまま、秋吉は嗤った。

「そんな面倒《めんど》いこと誰がするん？　考えとおみいや。そんなんする前に、逃げ出した方が得やん。小説とか映画の中だけよ、そんな奇特な犯人が出てくるんは。湖の真ん中で死体逆立ちさせるほど、現実の人殺しは暇やないけんな」

「それは、そうやろけど」朔太郎もアイスコーヒーを啜《すす》った。「ほやったら、何で死体に線なんか描いたんで？」

「それは……分からんけど。何か理由があったんやないん。そんなんマル被にしか分からんことよ」

これも、考えても仕方ない事柄なのかも知れない。犯人を捕まえてみれば判明するだろうか。

「ほかに何かない？」秋吉が話を切り上げ始めた。「今晩は〝デリヘル〟の会合があるけんね。ちょっと忙しいんよ」

娘が知的障がいを持っているためだろうか。秋吉は障がい者向けの風俗店――デリバリーヘルスを、障がい者の保護者ネットワーク内で提案及び企画した。客を障がい者に限定した格安料金の店だ。ただし、働く従業員への手当や福利厚生は手厚い。

そうした店には格安狙いの健常者や、反社の横槍《よこやり》が懸念される。秋吉は経営に直接携わってはいないが、陰から保護している。警察がケツ持ちをやっているのだから、これほど心強いことはないだろう。

「今度、女の子向けの店も作ろか思とんやけどね」秋吉は言う。「ほら、市川沙央《いちかわさおう》先生のとかあるやん、芥川賞《あくたがわ》獲った」

『ハンチバック』は朔太郎も読んでいた。芥川賞受賞作は波長が合いそうならば読む。最近の推しは、ガルシア＝マルケスなどといったノーベル賞作家の作品だ。ちなみに、大江《おおえ》健三郎《けんざぶろう》は高校の先輩に当たる。そういえば、正岡子規もそうだった――旧制中学時代だが。

「障がい者女性の性について」秋吉は困った顔で続ける。「問題提起されてすぐの熱いうちに手を打ちたいんやけど。女子の障がい者も処女懐胎の聖母やないけんな。でも、親御さんの理解がなかなか……。やっぱり抵抗があるんやろねえ。今日は、その辺の話し合いよ」

どちらの言い分も理解できる気はしたが、門外漢が口を挟む問題ではない。

「母親は皆大変なんよ。しかもシングルやけん。……そういえば、藤嶌くんは元気にしとん？」

いきなり、藤嶌大地の名前が出て面食らう。

秋吉と藤嶌は、言わばツーカーの仲だった。これも、芳賀の紹介による。特殊詐欺を担当する刑事と、〝対象〟を限定した特殊詐欺のリーダー。秋吉は藤嶌から情報を得て、彼の〝商売敵〟を潰したりしている。持ちつ持たれつの間柄だ。

「そろそろ、〝お仕事〟以上の関係になりたないか、藤嶌くんに訊いてみてくれん？」

「しょうもない。自分で訊けや。あんな奴《やと》は女に困っとる素振りはないけん、アラフォーのコブつきなんかお呼びやないと思うで」

「何言よん。歯痒《はが》いたらしい。ほんと、サク。あんたは可愛《かわい》ないわい」

「可愛のうて結構。それより、長男の冨里春雄。連絡先分からん？」

秋吉はスマートフォンを開いて見せた。冨里春雄の住所と電話番号。捜査書類を盗み撮りしたのだろう。画像データだった。面倒なので、こちらのスマートフォンへ転送してもらう。

「ありがとさん」朔太郎は立ち上がった。

「伝票忘れられんよ！」秋吉の声が飛んでくる。「ちゃんと今日の分、今の住所ネタまできっちり、今月の振りこみに入れといてや。分かった⁉」

一四：三〇

松山市南町の県民文化会館――一時期、ひめぎんホールの愛称で呼ばれていた――を左折し、県道二〇号を進む。左右に住宅や店舗、マンションが立ち並ぶ閑静《かんせい》な通りは、途中から山道へと変わっていく。
冨里家の長男――春雄の住宅は白水台《はくすいだい》にあった。新興の高級住宅街と名高い町だ。アポイントメントは取っていない。とりあえず行ってみた方が早いと判断した。
白水台は、ほぼ山頂と言っていい位置にある。松山に限らず、金持ちは高台に住みたがる。見晴らしがいいからだろうか。何とかと煙は高いところへの例でもないだろう。車がないと不便だが、その程度で不便さを感じる人間が住める地域ではなかった。

ガソリンスタンドの手前で左へ曲がった。あとは複雑な住宅街となる。スマートフォンのナビゲーション任せで、スズキ・キャリイを走らせる。新しく瀟洒《しょうしゃ》、規模も大きな住宅の並びに軽トラックは馴染《なじ》まなかった。

冨里春雄の住宅が見えた。二階建ての家屋は色や形、規模も周囲と溶け込み悪目立ちするところがない。BMWが一台駐車されている。まだ新車で、ガレージ内でも夏の陽射しに黒光りしている。カブトムシやクワガタなど、早朝の甲虫を思わせた。

横のスペースは外来者用だろうか。遠慮なく、軽トラックで乗り入れた。この辺りなら、迷惑駐車と訴えられる心配も要らないだろう。

車を降りた途端、熱気に包まれた。高級住宅地でも蟬には関係ない。命の限り啼き続けている。

黒い門扉は洋風、素材も舶来だが住宅の形状は和風だった。すべて高級品であることだけは間違いない。最近流行の物件に思えたが、墓場で寝泊まりしている身には想像の域を出ない事柄だ。

車があるなら、在宅している可能性が高いのではないか。それに賭けることとした。意外と庶民的なインターフォンを押す。

はいと女性の声で返事があった。関東のイントネーションだった。県会議員芳賀珠美の秘書だと名乗った。

　冨里一族なら、芳賀についても詳しいはずだ。地元権力者同士、アポイントなしでもそうそう無下に扱われることはないだろう。

「冨里春雄さんにお会いしたいんですが、ご在宅でしょうか」

　今度も返事は、はいの一言だった。肯定か、否定なのか。妻の奈緒だと思われた。次男同様に春雄も女癖が悪く、妻とは喧嘩が絶えないと聞いていた。

　白水台へ向かう前、藤嶌大地から春雄の基本情報を買っておいた。そこからの情報だ。住所等だけ秋吉菜々子に訊いたのは、彼女の方が安いからだ。

　冨里春雄は三十六歳、元々は東京で商事会社に勤務していた。現在は、冨里家が持つ賃貸マンションなど不動産の管理を行なっている。在京時に結婚しているが、子どもはいない。

「今度、春雄は県議選への出馬を考えてるらしくてな」藤嶌はつけ足した。「その資金を巡って、市議の次男と折り合いが悪くなってたって噂だべ」

　春雄は冨里一族の資産管理程度しか仕事をしていないため、現金収入は高くない。加えて浪費癖があり、女とゴルフ三昧の日々だった。車の買い替えも趣味という。だが、一族の資産は父親が目を光らせている。自身の預貯金を切り崩し、生活は困窮しているようだ。次男との折り合いの悪さは、その辺りも根底にあるらしい。

　県議に当選し、困窮生活から一発逆転というところか。藤嶌は続けた。

「冨里一族ってのは、どいつもこいつも強欲でな。父親に似て、長男や次男もケチで金に汚いって評判さ。そういう奴ほど嫉妬《しっと》深くもある。他人が一円でも得するのは、我が身を焼かれるほど悔しいって輩《やから》だよ。それは兄弟でも同じらしい。だから、県議選を巡って喧嘩にもなる。政治はビジネス、選挙は取引だからな」

玄関ドアが開いた。白いノースリーブのワンピースを着た女性が、煉瓦《れんが》敷きの道を門扉へ向かってくる。中背で痩身、目鼻立ちがきつく神経質な感じがした。春雄の妻――奈緒なら三十一歳のはずだ。

奈緒は一瞬、目を丸くした。作業服姿の男など、出入り業者以外では見たことがないのだろう。

「お待たせしました。春雄の妻、奈緒です。どうぞ」

すぐに自分を取り戻し、門扉を開いて招き入れる。奈緒は、常に細い目を左右に走らせていた。玄関まで数メートル、おどおどと挙動不審な背中を見続ける羽目になった。

玄関ドアの奥は、別世界の冷気だった。空調が家屋全体に行き渡っている。三和土は明るく広い。普通の倍は面積があるように思えた。スリッパに履き替え、新築の匂いが抜けきらない廊下を案内された。

応接間では男が待っていた。朔太郎を確認し、ソファから立ち上がる。身長は一七〇センチ代後半だろう。ゴルフ焼けか、色黒で筋肉質だ。顔立ちも、兄弟の中では一番整っている。白いサマーセーターにスラックスという出で立ちだった。

「冨里春雄です。暑い中お疲れ様ですね」

冨里春雄は軽く頭を下げた。朔太郎も名乗り、名刺を差し出した。

「すみません。名刺がないものでね」受け取ったあと、春雄は後頭部を掻《か》いた。「無職というか、求職中でして。実家の不動産などを管理しています。家事手伝いってところかな。ニートとまでは言わないけれど」

春雄は嗤った。自嘲《じちよう》というより、自慢に聞こえた。生まれ持った財産を臆面もなくひけらかせるタイプなのだろう。話す言葉は抑揚に欠けている。標準語を無理やり喋り言葉にしたような味気なさだった。地元民の生きた言葉ではなく、〝田舎者が憧れる都会言語〟だ。

朔太郎も横浜にいた当時は、標準語によく似た土地の言葉を使っていた。上京しても頑なに自身の方言を貫くと、周囲から雑音と思われてしまう。高村薫の作品に、そのようなことが書いてあった。逆に帰郷しても伊予弁に戻さない地元民は、自分の言葉が故郷では雑音になるとは考えていないのだろう。

「まあ、どうぞ」勧められるまま、互いにソファへ。「で、今日はどういったご用件でしょう。県議の芳賀先生が何か」

突然の訪問にも丁寧な対応。予想どおり、芳賀の威光は効果があった。

「この度、ご弟《てい》様におかれましては大変ご愁傷《しゆうしよう》さまでした。お悔やみ申し上げます」

次男――夏彦に関するお悔やみを述べた。春雄が礼を述べたところで、妻の奈緒が麦茶を持ってきた。

「そんな折に大変申し訳ないんですが、三男冬汰さんのことでお話をお聞かせ願えませんやろか」

「……はい」少しだけ顔が狼狽《ろうばい》し、瞬時に取り繕った。「どういったことでしょうか」

「実は、芳賀が支援者から人捜しを依頼されとりまして。女性なんですけど、この方ご存じやないですか」

菅原美久の名前を告げ、スマートフォンで写真も見せた。一瞬だけ眉を寄せただけで、すぐ素に戻った。知らないとの回答だ。

菅原美久の娘その他家庭環境などについては、詳細への言及を避けた。個人情報は広めない方がいい。冨里冬汰氏は、行方を捜している女性について知っている可能性があるとだけ告げた。昨夜面会しようとしたが、逃げられてしまった。不覚にも、三階から突き落とされたとは言わずにおいた。個人情報は、なるべく広めない方がいい。

「逃げた――」今度も春雄は狼狽したが、取り繕おうとはしなかった。「それは、ご迷惑をおかけいたしました。あいつ……、冬汰は一族でも困った存在でして」

春雄の顔が曇る。先刻の自嘲に擬態した自信が影を潜めている。今は、出来が悪い弟を持った地方の中年男に過ぎなかった。

「……あいつは、一言で言えばごく潰しです」苦々しげに吐き捨てる。「音楽で身を立てるとか言って上京したまでは良かったんですが、あっさり諦めて帰ってきてしまいました。その後も家業を手伝うでもなく、ぶらぶらしていました。両親とも折り合いが悪く、一人暮らしをしているような有様なんですよ」

「自宅には帰っておられんようですが、どちらにいらっしゃるかお心当たりはないですかね」

「申し訳ありません」春雄は目を伏せた。「恥ずかしながら、住所さえ知らないんです。愛媛に帰っているとだけ、親父から聞かされただけで。東京にいたころも会ってはいませんでしたし。携帯も番号を変えたようで、現在の連絡先はまったく知らない状況なんですよ」

「ご家族について、お訊ねしてもええですか」

春雄は了解した。現在の冨里一族は、それぞれ別居状態にある。元々、冨里家は余戸中心部を拠点としてきた。父は、母とともに余戸の古い屋敷に住んでいる。一族は、今でも同地域に広大な土地を持つ。一部を売却、またはマンションなどの建設で財力を増強し現在に至る。

「冨里のルーツは余戸にあるらしいです」春雄が補足する。「先祖代々、あの辺りで暮らしてきたようですね。私も、大学進学までは母屋《おもや》に住んでいましたし」

冨里一族の起源は、本陣村があると思《おぼ》しき地域になる。その縁から、三男の冨里冬汰は〝本陣村の火炙り庄屋〟伝説について調べていたのだろうか。

当主の四季蔵は余戸で暮らし、白水台で暮らす長男の春雄、殺された次男夏彦は湊町のマンションで生活していた。三男の冬汰は森松町在住だが、家族にも所在は知らせていない。

「妹さんがおいでるはずですが。確か、秋恵さん」朔太郎は訊いた。

「ああ」春雄は、奇妙な表情を見せた。「あいつはある意味、冬汰より問題児でね」

奇妙さの正体が分かった。作り笑いならぬ、作り憤怒。怒りの仮面をあえて貼りつけたように感じられた。春雄が続ける。

「若いころ、すでに親父からは勘当同然で。今でも、実家は出入り禁止の状態ですよ。もう十年以上会ってない。どこに住んでるかも知らないな、連絡もないし」

「話は変わるんですけど。正岡子規の俳句、ご存じやないですか。〝草茂みベースボールの道白し〟てゆうヤツなんですけど」

「……あれでしょう、坊っちゃんスタジアムに句碑がある」

朔太郎の問いに、少し考え春雄は答えた。特に表情の変化などはない。

「私は、余土中学校の出身ですから。郷土の句碑ということで習いましたけど。今は中学校も移転して、野球場とさらに近くなってますよね。でも、あんまり興味はなかったな。国語は昔から苦手で。それが何か」

「冨里家と何かご縁があるとか、そうゆうことは」

「いや、聞いたことないな」春雄は首を傾げた。

朔太郎も首を傾げたくなった。俳句の見立て殺人は、やはり突飛な想像だったか。

質問がなくなり、朔太郎は麦茶を飲んだ。はたして正しい道を進んでいるのか。

目的は、和の母親――菅原美久を捜し出すことだ。伝説の真偽や、殺人犯の正体などどうでもいい。だが、ほかには線どころか点さえ見当たらない状況だ。無駄足でも進むしかなかった。

「お時間取らせまして申し訳ございません。ありがとうございました」

麦茶を飲み干し、朔太郎は腰を上げた。春雄も続く。

「いえ。大した話もできず、お役に立てなかったようで。ただ、一つだけ――」

春雄が右手の人差し指を立てた。朔太郎は動きを止めた。

「この訪問を芳賀先生はご存じで?」

「いえ、まだ言《ゆ》うとりませんが。報告はします」

「それは結構」春雄は人差し指を振る。「私も、あなたがいらしたことを親父に話しておきます。今後の行動について、参考にしていただければ。では、失礼します」


朔太郎は応接間を辞去した。

応接間同様に冷えた廊下で、朔太郎は立ち止まった。春雄が最後に放った一言。あれは一種の恫喝または警告だろうか。

冨里家の当主――四季蔵は、お前の行動を把握している。今後の行動には気をつけろ。冨里一族には、それだけの財と権力がある。そうとしか聞こえなかった。

逆に言えば、警告しなければならないような〝何か〟が冨里一族にはあるということだ。菅原美久の捜索に関係あるなら警告など無視するし、関係ないならその〝何か〟自体を無視するだけのことだった。

踵《きびす》を返すと、春雄の妻――奈緒が立っていた。神経質な顔で、やはり細い目を左右に走らせている。

「お話は終わりになられましたか」

喋り方が夫と似ている。〝田舎者が憧れる都会言語〟だ。はいと答えた。最初から返事も分かっているといった妻の口ぶりは気にしなかった。

立ち聞きしていたのだろうか。疑念を抑え、続けた。

「はい。ご主人にご協力いただいたんで、大変助かりました」

「そうですか」少しうつむき加減になる。

朔太郎は歩き出したが、奈緒もあとをついて来る。見送るつもりだろうか。不要と答える前に、話しかけられた。

「若月さんは、芳賀先生の秘書をなさっていらっしゃるとか」

「ええ。まあ、使い走りみたいなもんですけど」

玄関ドアを開け、炎天と蝉の下へ出た。入道雲が圧を増している。夕立になるのだろうか。別れの挨拶をしようとしたが、奈緒も真夏の中へついて来ていた。

奈緒の顔色は悪かった。暑さに当てられたわけではないだろう。菅原美久捜索に影響しない限り、これ以上の面倒は増やしたくなかった。

「……芳賀先生に、お伝えいただきたいことがあるんですが」

ためらいがちに言った。どんなことでしょうかと返した。夫婦仲の相談なら、芳賀も願い下げだろう。犬も食わないものを押しつけられても困る。

「ここではちょっと……」

冨里家の邸内では話せないということだろうか。もっとも気温が高い時間帯でもあった。屋外の立ち話に適した状況ではない。来客と妻が長時間話しこめば、夫も怪しむだろう。芳賀への伝書鳩《でんしょばと》に徹するなら、快適かつ安全な環境を望みたいところだった。奈緒は続けた。

「折を見て連絡しますので、ご連絡先を教えていただけませんでしょうか」

「ええですよ」朔太郎はスマートフォンを取り出した。

少しずつ、さらなる厄介事へ巻きこまれている。頭の中でセンサーが鳴り響いていた。

一五：五七

一五時を一時間近く回ると、空が黄ばんでくる。陽光の鋭さや熱波に変化はない。このまま夜まで続くのだろう。翌朝まで大差ないのかも知れない。

朔太郎は再度、森松町へ行った。冨里冬汰が帰っているのに賭けた。昨夜から、一日近く外出している計算だ。通常なら、そろそろ戻っていてもおかしくない。

それとも、何らかの帰宅できない理由があるのか。それが、菅原美久の行方と関係しているのだろうか。例の〝本陣村の火炙り庄屋〟とはどう繋がり、兄の死はどう関わってくるのだろう。

分からないことばかりで、無駄という名の積み木を積み上げている気分だった。棒の周りを走らされる犬同然だ。肝心の中心部には近づくことができない。隔靴《かっか》掻痒《そうよう》とはこういう状態を指すのだろう。使ったことのない四字熟語だが、真夏の今なら気分的にもしっくりくる。

運転していると、昨夜からの疲労感がぶり返してきた。脳が痺れ、意識も微かに朦朧としてくる。休憩したかったが、先を急いだ。

定位置となった塀際に、スズキ・キャリイを駐めた。外から見る限り、冬汰のアパートに変化は見られない。覚悟を決めて、軽トラックを降りた。

立っているだけで汗ばんでくる。歩き出せばなおさらだった。光が強ければ、影も濃くなる。使い古された言い回しどおり、エントランスの奥は暗かった。

日陰だからといって涼しいわけではない。かえって蒸し暑くさえある。階段は苦行だった。ハンドタオルで顔の汗を拭った。

期待はしていなかったが、冨里冬汰は留守だった。三回インターフォンを押し、諦めた。名刺と書置きでも残すか考えたが、やめておいた。今以上に警戒されると、さらに雲隠れされる恐れがある。それは避けたかった。

三〇一号室——隣室の吉本氏を訪ねた。朝と同じ女性が出てきた。暑さに強いのだろう。室内は大して空調が効いていない。

朝の作り話に関して、続編を制作した。女性の親が、冨里氏の不誠実ぶりに激怒している。早急に本人を交えて話がしたいと言い、芳賀が止めている状態だ。とりあえず一度、自分が冨里氏と話すよう厳命された。だが、留守続きで困ってしまった。我ながら出来のいい嘘だった。

「——ほやけん。冨里さんと早《はよ》うにお話しせんといかんのやけど、別の仕事もあって張りこんどるわけにもいかんのですよ」

吉本はいい人なのだろう。深くうなずきながら、同情の視線を向けてくる。

「申し訳ないんですが、冨里さんがお戻りになられたら、こちらの番号にご連絡いただけんでしょうか」

頼みながら、再度名刺を渡した。吉本は微笑んでいる。

「ええですよ。ほんとに県議の秘書さんも大変やねえ」

吉本と別れ、階段を下り始めた。寝不足で目が霞《かす》みかける。

また蟬の声が止み、汗が引く。周りの暑さが遠ざかり、背中には冷たい電流だ。視線を感じて、背後を仰いだ。

薄暗い廊下に対して、三階の手すり部分は明るく切り取られている。青く、四角い。

小さな映画館のスクリーンを思わせた。

中央に鳥が留まっていた。鳥ではなく、鳩だった。薄いグレーの首を忙《せわ》しなく動かし、平和に鳴いていた。朔太郎は視線を戻した。

——もう引き返せないぞ。

ふり返ると、鳩の姿はなかった。蟬と熱気、全身の汗が戻ってくる。

何ともいやはや。よく分からないが一つだけは言える。警告無用、引き返す気はない。

一七：一六

藤嶌大地の事務所は千舟町にある。銀行や保険会社など、金融系企業が立ち並ぶ一角のオフィスビルだ。五階建てのうち二階が事務所で、住居へ改造した三階に藤嶌自身が住んでいる。空いている残りのフロアは、倉庫や半グレの宿舎として使用されていた。

ピロティ構造の一階は駐車場だった。ダークグレーのマセラティ・クアトロポルテが暗がりでも光り輝いている。藤嶌の愛車だ。スマートフォンでアポイントメントは取ってある。運転は藤嶌自身がするから、事務所にいるのは本当らしい。

飲酒を伴う行事など運転手を使う場合は、日産ノートを使用する。その奥ゆかしさと地球環境への配慮が、ビジネスにも有効らしい。朔太郎には理解不能だ。

冨里冬汰を追う以外に、現時点ではできることがない。ならば、冨里一族の内情について整理しておくのも、時間の無駄ではないだろう。菅原美久の捜索にどこまで役立つか、疑問なままではあるのだが。

　空は黄色に加え、赤味も射し始めている。夕刻は近いが、真夏の太陽は絶好調なままだった。

　〝株式会社フジシマプロデュース〟の大きな看板を尻目に、スズキ・キャリイをマセラティの横に駐車した。日本の高性能な軽トラックなら、イタリアの高級車相手でも引けを取らないだろう、たぶん。

　玄関は駐車場の東側にある。ガラス扉で、自動で開く。正面の受付に座る男も半グレだ。上品なスーツを着て、顔立ちもいくぶん控えめな人材が選ばれている。名前は知らないが、互いに顔見知りだった。約束がある旨を告《つ》げることもなく、エレベーターに乗ることができた。

　エレベーターはオフィスへ直結している。降りると、多くの社員が働いていた。彼らは必ずしも半グレではない。そういう連中ばかりでは、事務はもちろん営業にも差し障りが出る。女性も半数はいる。ただし彼女たちの半分は半グレか、それに類するメンバーだった。労働者諸君に右手を振り、奥の社長室へ向かった。

「おう、サク。来たか」藤嶌が立ち上がる。「陽射しが強《つえ》えけど、お肌のＵＶケアは完璧だろうな」

　そういう冗談につき合う気分ではなかった。男でもケアは必要だろうが。

社長室といっても、手前のオフィスと大差ない。豪勢なデスクや応接セットはなく、実用一辺倒だ。ＯＡ用に特化している感もある。見た目より使いやすさを重視し、すべて最新型。量販店で売っているようなテーブルセットへ、勝手に腰を落とした。

「どうだべ、首尾の方は」

「上手くない」藤嶌の問いに、朔太郎は正直に返した。「ダイさん、おれにも頂戴」

藤嶌はノンアルコールビールを呑んでいた。今夜は〝ふたみシーサイド公園〟辺りまで、マセラティで走る予定らしい。朔太郎も水分補給のタイミングだった。喉の渇き具合から考えてノンアルでも、いや、その方が旨《うま》いかも知れない。

やはり最新型の冷蔵庫から、藤嶌がノンアルコールビールを二本取り出す。自分の分も空になっていたようだ。受け取ってタブを開き、乾杯した。よく冷えている。一気に半分ほどを呷《あお》った。

向かいに藤嶌が座った。朔太郎は、昨夜からの経緯を説明した。冨里冬汰の逃走から、長男春雄との会談まで。〝本陣村の火炙り庄屋〟伝説についても。妻――奈緒が、芳賀珠美に何か打ち明けたがっていたことも話した。空振りばかりと愚痴も漏らした。仮にも友人なら、真夏の徒労に対する不平不満を聴く義務があるはずだ。

「なるほどねえ」藤嶌は二本目に口をつけた。「繰り返しになるが、冨里家は四兄弟の仲が異常に悪いそうだ。昔からな」

長男と次男の不仲は、前に聞いていた。出奔した三男も同様だったらしい。

「背景には家督争いや、父親の遺産を巡る対立なんかもあるとか言われてる」

「そんなもん、相続なんか法律どおりにやったらええだけの話やないいん。今どき家督も何もないやろし」

「そりゃそうだが、あれだけの名家となるとそうもいかねえんだろ。まずは、長男の次男に対するコンプレックスがあるらしくてな」

幼少期から、総じて次男——夏彦の方が優秀だったそうだ。そのためだろう。先に政界入りも果たしている。

「そこへ長男が県議選に出馬するとなりゃ、お互いに穏やかな気持ちではいられねえんだろうな。知らんけど」

「選挙の資金も、不仲の原因やって言よったやん」朔太郎は訊いた。「冨里一族やったら、それぐらい軽いんやないいん。なんぼ長男の放蕩《ほうとう》暮らしが原因で、春雄自身の個人資産が目減りしとっても。親父が助け舟出してやったらええだけの話やろ」

「そうでもないらしい」藤嶌が軽く鼻を鳴らした。「令和の世じゃあ、県政の大御所だからって自動的に金が懐へってわけにもいかねえ。今の冨里家は不動産運用が中心で、かなりジリ貧じゃねえかなんて噂もある」

「長女の秋恵と、ほかの男兄弟との関係はどうなん。長女の写真一枚入手できんゆうて言いよったけど」

「似たようなもんだろ。写真や所在を調べる際、関係者に話を聞いたが、ロクな情報が得られなかった。近所や学校の教師などはもちろん、小中高校の同級生からもだぞ。当主の四季蔵が緘口令を敷いてるにしたって、度が過ぎてる。いくらこの町が保守的で権力に従順でも、異常だ。冨里家の当主はそれだけの影響力を持ってるってことさ、落ちぶれ始めてるとはいえ。代々受け継がれてきた権力や財力なのか、別の力かは分からねえけどよ。目に見えない何かとかな」

目に見えない何か。朔太郎は、烏や鳩の警告を思い出していた。日中、眩暈とともに見た昔の光景も。あれは幻覚か白昼夢、もしくは過去に実際起こった事象だろうか。

「春雄や夏彦の女癖については説明したが」藤嶌が身を乗り出す。「あの性質《たち》の悪さは、父親の四季蔵譲りらしくてな」

現当主の冨里四季蔵は、数年前にクモ膜下出血を患っている。一命は取り留めたが、右半身に麻痺が残った。それを機に県議は辞任したものの、県内与党には絶大な影響力を誇示し続けている。地方議員は元より国会議員の立候補者選定なども、四季蔵の意向を無視して決定されることはない。芳賀珠美も四季蔵を警戒し、つかず離れずの関係を保っているようだ。経済的に多少落ちぶれても、権勢の衰えにまでは繋がっていない状態と言える。

「四季蔵の妻は瑠美《るみ》っていうんだが、まだ四十九歳ときてる。四季蔵は六十八だからな。二十歳離れてることになる。この女が冬汰の母親だが、後妻だよ」

冨里四兄弟は全員、母親が違う。長男——春雄の母は正妻だが離婚、その後に死亡している。夏彦と秋恵は、それぞれ違う愛人の子だ。この愛人はともに健在。同居こそしていないが、現在も四季蔵が面倒を見ている。

「まったく、あやかりてえぐらいの絶倫ぶりだべ。瑠美とは夫婦関係を続けているが、妻も病気がちで入退院を繰り返してるそうだ。もしかしたら、ほかにも愛人を囲ってるかもな。エロ爺ぶりが評判どおりなら、五人目の兄弟が出てきても不思議じゃねえな」

　少子化ニッポンには素晴らしいことだが、興味もない。朔太郎は思った。長男の妻――冨里奈緒が芳賀に話したいといった事柄についてだ。あれは、彼らの夫婦仲に関することではなかったのではないか。もっと、一族の内情に関するような何か。そんな内容ではないのか。

　考えたところで分かるはずもなく、奈緒からの連絡を待つしかなかった。

「で、サク。どうなんだ。その消えた母親ってのは見つかりそうなのか」

「五里霧中」朔太郎はノンアルコールビールを飲み干した。「ダイさん、おれもこんな四字熟語初めて使《つこ》たで。でも、マジでそんな感じよ。とても辿りつけるとは思えん。やっぱり高尾ちゃんとかに頼んでもらわんといかん。配下の半グレにも言《ゆ》うて早急に母親を捜してや。三男の冬汰も」

「そいつはいいが」藤嶌が真顔になる。「何て言ったっけな。お前が言ってた何とか伝説ってヤツ」

「〝本陣村の火炙り庄屋〟」

「それそれ。いいか、歴史ってのは嘘を吐くんだよ」

朔太郎は藤嶌を見た。冗談を言っているようには見えなかった。

「人が嘘を吐かせてるって言った方がいいか。時には、今を生きる人間の運命さえ変えちまう。歴史に学ぶのは大事なことだが、それは過去の過ちを繰り返さないためだ。だが、往々にして人は、自分の正当化や美化に歴史を利用するからな。だから、歴史や過去に拘《こだわ》るのは、ほどほどにした方がいいとおれは思う。まあ、お前のやってることがどうこうって話じゃねえけどよ」

一八：二一

藤嶌大地の事務所を離れ、芳賀邸へ立ち寄った。今日の報告と、明日以降の打ち合わせを兼ねて話し合いたかった。

寝不足の疲労は限界を超え、元々鈍い頭のスペックが極限まで落ちている。明日からも猛暑が続くことを考慮すると、今夜は徹底した休息が必要だった。

空は赤味が勝ち、古い屋敷も朱に染まっている。訪問する旨は、直接に芳賀へ伝えてある。いかにも後付けのインターフォンを押すと、秘書の戒能由美に迎えられた。昨日と同じ応接間へと通されていく。

「ボン、暑い中大変やったろう」

延々と繰り返される気遣いは、ありがたいが返事一つも大変だった。

「おう、ボン。お疲れさん。まあ、座り。で、どうやったんぞね」

芳賀珠美に迎え入れられた。昨日から今夕《こんせき》にかけての報告をした。先刻、藤嶌に話したのと同じ内容だった。烏や鳩、日中の幻覚もどきは省いた。時間の無駄にしかならない。話題は多岐にわたるが、一言で言えば〝成果なし〟だ。

報告中に、戒能が二人分の麦茶を持ってきた。遠慮なく飲んだ。ノンアルコールビールを呑んだところだったが、入る水分を出る量が凌駕する季節だった。

「えらい、情報《ネタ》がバラバラやね」話し終えると、芳賀が言った。「何か、点と点だけ拾てきたみたいな。全然、線が見えてこんのやけど」

それは気づいていた。予兆なき菅原美久の失踪。二週間前から現れた冨里冬汰。冬汰が気にしていたという〝本陣村の火炙り庄屋〟伝説。冨里家の次男——夏彦殺害。すべてに繋がりは見えず、好き勝手に存在している情報ばかりだった。

「何か、接点が見えてきたらええんやけどな」朔太郎は息を吐いた。「まだ、母親からの連絡はないんやろ」

「あったら、いの一番にあんたへ連絡しとらい。要らん金ぎりかかりよんのに」

それはそうだろう。昨夜の藤嶌は情報についてサービスだと言ったが、それ以降は有料になる。秋吉菜々子も無料《ただ》ではない。出費は嵩《かさ》んでいるが、収穫はない状態だった。

「今晩は、和ちゃんも一人らしいけんな」

担任の森田梨名は、所用のため今夜は泊まれないという。芳賀は眉を寄せていた。心底から心配しているときの顔だ。

「中学二年生の女子、一人で置いとくんわね。毎日暑いけん、変な人間《にんげ》も増えとるし。ウチか由美ちゃんが泊まりに行ってもええんやけど」

「それは向こうが嫌がるやろ」

「そうやね」反論されるかと思ったが、素直に認めてきた。

「おれ、近所の聞きこみがてら様子見てくらい」元々このあとは、そうするつもりだった。「状況によっては、ダイさんへ頼んで半グレにボディガートさせよわい。遠くからアパート見張るくらいやったら構んやろ」

「そうしてくれる？　金の心配は要らんけん」

心配はしていない。他人の懐具合を気遣えるほど、余裕のある生活は送っていなかった。多少の見栄があるだけだ。

「冨里に話戻すけど」朔太郎は続けた。「今日の昼間、長男の春雄には会《お》うたんやけど。当主の四季蔵さんには会えんかな」

「あの爺さんは、相当面倒《めんど》いで」芳賀の眉がさらに寄る。「元々フレンドリーな人間《にんげ》やなかったけんど。躰悪してからは、いよいよ気難しなっとるけんな。滅多なことでは、人とも会わんようになったたて聞いとるし」

「春雄ンときみたいに、アポなし突撃はどうやろな」

「秘書につまみ出されて終わりやろ」

天井を仰ぎ、麦茶を飲み干した。八方塞がりで、突破する道が見えてこない。

「でも、冨里に貸し作るんは悪い話やないわい。何とか上手い方向へ持ちこみたいな」

眉を離し、芳賀は左手をひらひらと振った。詰めた小指が、視界の端で踊る。口元を歪め、邪悪な本性がむき出しとなっていた。他人の弱みは、明日の糧。それくらいでないと、県政のフィクサーなど務まらない。

県議に当選しさえすれば、県内では安泰――とはいかない。所属政党によっては県庁事務サイドの扱いも違うし、それは政党内の立ち位置でも変わってくる。

一例だが、保守系政党なら事務局の答弁原稿は三ページに及んでも短い。だが、革新系政党相手だと三行でも長いと言われる始末だ。後者の場合、下手に長い原稿を書くと担当者は叱責《しっせき》されてしまう。県議と事務局――互いに織りこみ済みなので、改善どころか苦情さえ出ない有様だと聞いている。

純水のように不純物を含まない聖人君子は存在しないし、核兵器並みに完全な悪魔もいない。誰もが中途半端な正義と、出来心程度の邪《よこしま》さを抱えて生きている。

「そんなに思ったようには進まん思うけど」朔太郎は言った。「どうするん？　冨里一族に首輪でもつけて、飼い犬扱いにするんかな」

「そこまではせんけどな」邪悪な笑みを浮かべたまま、芳賀が答える。「でも、あの爺《じじ》イの首根っこ押さえられたらかなり美味しいな。いろんな話がスムーズに進んでいくやろ。頼んだで、ボン」
もう引き返せないぞ——鳩は言った。激しく同意だ。

一九：〇三

夏至《げし》のころよりは暮れるのも早くなったが、まだまだ明るい時間帯だ。夜の気配は、町の片隅に留まっているだけだった。

朔太郎は、土橋にある菅原母娘のアパートを再訪していた。娘の和には会わずに、近所の聞きこみを開始した。

菅原母娘の部屋には灯りが点っているが、二階で帰宅しているのはその一室のみだった。一階には二部屋、人の気配がある。手前の部屋から当たっていった。

ここでも〝芳賀珠美の秘書〟という名刺は効果があった。が、それは警戒心を解くという意味でしか役立たなかった。菅原母娘の情報は、ほとんど得られなかったからだ。仲のいい母娘、二人暮らしらしい。それほど親しいつき合いはない。特にトラブルも聞いたことはなく、良き隣人。二部屋とも、そんな回答だった。

聞きこみの範囲を周辺住宅まで延ばした。在宅している住宅は四軒あったが、回答内容はさらに薄くなった。中には、菅原母娘の存在さえ知らない家もあった。松山市も都市化が進んでいる。土橋のような中心部なら、さらに都会並みの近所づき合いとなっているのかも知れない。

空気が夜に染まっていく。時間だけが過ぎていった。気温に下がる意志はなく、歩くだけで全身が汗ばむ。喋り倒せば、なおさらだった。徒労の聞きこみ、全身から水分と気力が抜けていく。

自動販売機の光が目を引く時間帯になった。周囲の暗さも、自身の渇きも含めて。五百ミリペットボトルのジャスミン茶を買った。口当たりがよく、朔太郎には夏の定番だった。飲みながら、菅原母娘のアパートへ戻った。娘の無事を確認したうえで、引き揚げようと考えていた。

アパートの前に、人影があった。正確には、人とバイクの影だ。黒い原付に、男が跨がっている。黄色いアロハシャツに見覚えがあった。ヘルメットは外して、手に持っていた。バックミラーに顔が映る。

間違いない。冨里冬汰だ。

「おい！」

朔太郎は声を張り上げた。失策に気づいたのは、その直後だった。冬汰はバイクのエンジンをかけたままにしていた。急発進させ、ノーヘルのままでUターンする。摑みかかろうとしたが、巧みにすり抜けられてしまった。

昨夜と同じく、テールランプを眺めながら走った。距離を開けられ、やけくそでジャスミン茶を投げた。中身が半分残っていたペットボトルは、アスファルトの上で破裂した。乾いた路面に、黒い染みだけが広がった。

冨里冬汰を再度取り逃がしてしまった。声をかけずに、先に躰を拘束すべきだった。昨夜も同じことを考えた。あいつを相手にすると、どうも調子が狂う。ペットボトルの残骸を拾った。

冨里冬汰は、菅原母娘のアパート前で何をしていたのか。朔太郎はスマートフォンを取り出し、藤嶌大地に連絡を取った。

「そのニイちゃんは母親だけじゃ飽き足りずに、娘にまで手を出そうとしてるってことか。とんでもねえ変態だべ」

状況を聞いた藤嶌は鼻で嗤った。朔太郎は嗤う気分にはなれなかった。むしろ、嗤いたいのは同じ失敗を繰り返す自分自身だ。

「だけど、心配だな」少しまともな声で、藤嶌が続けた。

「悪いんやけど、手の空《す》いとる人間がおったら貸してくれん」朔太郎は頼んだ。「おれが護衛してもええんやけど、昨日の徹夜と暑さでもう限界なんよ」

手配すると言って、藤嶌は電話を切った。

藤嶌は仕事が早い。護衛の半グレが到着したのは、きっかり三十分後だった。白いトヨタ・プリウスがアパート前に滑りこんできた。ただし乗っていたのは〝ジェイソン〟、バカでかい躰を助手席に沈めている。もう一人は、藤嶌の事務所で受付をしていた男だ。受付はともかく、よりによって〝ジェイソン〟とは。中学生女子が震え上がるのではないか、心配になった。目立たない車を使った気遣いも、台無しというものだ。

「おれしか空《あ》いてなかったんすよ」

先回りするように、〃ジェイソン〃が言う。すまなそうな表情だった。見かけによらず、繊細なのかも知れない。

「車も、一番地味なの選んできたんすから」

仕事柄、藤嶌は複数の社用車を保有し、事務所近くの契約駐車場に並べている。どれも堅実な車種で、派手な装飾や改造は一切ない。目立つ車では表はもちろん、裏の稼業にも使えないだろう。その点も実用中心だ。

「まあ大丈夫やろ」朔太郎は言った。「娘に紹介しょうわい。来て」

「いや、大丈夫て」

不満気な〃ジェイソン〃とその相棒を引き連れ、朔太郎はアパートへ向かった。

インターフォンを押すと、菅原和が顔を出した。白いTシャツに、紺のジャージという姿だった。

朔太郎は説明した。今夜は一人だと聞いた。万が一を考え、この二人を護衛に置いておく。アパート前のプリウスに待機しているから、何かあったら相談するように。

〃ジェイソン〃たちが半グレであることや、冨里冬汰の出現には触れなかった。下手に不安だけ煽《あお》っても仕方がない。

「見てのとおり、腕っぷしだけは相当なもんやけん。少々変な奴《やて》が出てきても、ゴキブり叩くように始末できますよ。安心してください。見た目こんなやけど、優しいけんね。大丈夫」

言いたい放題の朔太郎にも、〝ジェイソン〟たちは不満を漏らさなかった。緊急時には電話が良いとなり、互いにスマートフォンを取り出した。ゴリマッチョの半グレと、小柄な女子中学生が連絡先を交換している。犯罪的な光景に見えたが、法に触れることはないだろう。

鍵をかけておくよう言い置いて、朔太郎たちはアパートを離れた。町にも、夜が忍びこみ始めている。暗がりに白いプリウスが眩しい。ワックスがけしたばかりのようだ。

「じゃあ、あと頼まい」朔太郎は目頭を揉んだ。「昨日の晩から大変《わや》やったけん、もう限界でな。悪いけど、お願いします」

「任せてください」

〝ジェイソン〟の言葉を頼りに、朔太郎はその場を離れた。

二一：〇九

風呂は金があるときは市内の温泉、ない場合はインターネットカフェのシャワーを使う。その金さえないときは、墓場の井戸水だけで済ませている。

松山市内には多くの温泉施設があるため、地理的に近いか割引などがあるタイミングで選ぶ。今晩は、朝と同じ施設に決めていた。今朝入浴した際、夜間割引があることを確認してあったからだ。

どの温泉施設にも言えることだが、割引がある日は混む。真夏だが、烏の行水は避けた。疲労回復のため、ゆっくりと浸《つ》かった。脱衣所で涼んでから服を着た。

時間的に、併設の食堂は閉まっていた。期待していた〝昔ながらの中華そば〟が食べられず、残念だった。

松山には、古くからの中華そばが二種類ある。一つは、醤油味の物。今では減ったが、廃バス等を利用した屋台中心に発達してきた。そのまま店舗まで構えた事例もある。中華そばはじめ松山の麺類は、おでんをセットとしている店が多い。屋台を基に発展したためだと唱える者もいる。ただ、香川の讃岐《さぬき》うどんにも見られる傾向なので、本当のところは定かでない。

もう一つは塩味で、ちゃんぽんかタンメンのように野菜が載っている。叔父によると、海の家など海岸近くで人気だったそうだ。昔は、松山市近辺にも多くの海水浴場があったらしい。

ここは後者だ。松山の中華そばは甘い味つけなので、胡椒《こしょう》をマストとする場合もある。

中華そばは諦め、コンビニエンスストアの弁当にした。国道沿いなど郊外にまとまった空き地ができると、コンビニエンスストアや全国チェーンのカフェが出現する。ここ何年か続く現象だった。同じ店で買いこんだ缶ビールは、小型のクーラーボックスへ。

軽トラックの荷台に常備しており、冷蔵庫がないため重宝している。スズキ・キャリイで、ねぐらの共葬墓地へ向かった。

叔父の墓は、中央に墓石代わりの天然石を置いてある。拳大で表面は滑らかだが、近くの河原で拾ってきた代物だ。一応は墓標なので、跳ね飛ばさないよう注意して軽トラックを駐車した。ちょうど、車体の中央辺りに石が来る計算だった。

荷台にワンタッチテントを張り、夕食を始めた。今夜も熱帯夜の予報だ。開放できる箇所はすべて開き、網の状態にしている。家というよりは、蚊帳《かや》に近い。すでに汗だくで、パンツ一丁になった。温泉の効能が無駄になっていく。

ビールを呑み、弁当を食べた。豚の生姜焼きと、鶏唐揚げのセットだった。キンキンに冷えてやがるなどと、くだらない独り言を述べながらのディナーとなった。灯りは、キャンプ用のLEDランタンを使用している。出たゴミは芳賀邸で引き取ってもらう。一応は家庭ごみ、コンビニエンスストアやスーパーマーケットで処理するわけにはいかない。宿無しなりの矜持《きょうじ》だ。

寝苦しい夜は、疲労とビールで打破しよう。そう誓いを立てた。

いつの間に眠っていたのか。

就寝時の記憶が定かでない。LEDランタンは消され、テント内は闇に包まれている。目を凝らすと、ゴミも片づけているようだ。よく覚えていない有様だった。期待した以上に、アルコールが貢献してくれたらしい。

何時だろうか。スマートフォンを確認しようとして、墓地の灯りに気づいた。LEDなどとは違う、非常に薄ぼんやりした光だった。

墓場で寝泊まりしている関係上、人魂《ひとだま》や狐火《きつねび》の類《たぐい》はよく見かける。特に、気にもしていない。何をしてくるわけでもないからだ。人間などの方が実害を伴う分、よほど性質が悪い。金縛りにもよく遭うが、躰が硬直するのでこちらは少し困る。

言ってみれば、墓場は死にもっとも近い場所だ。病院や斎場もそうかも知れないが、例としては不謹慎だろう。気兼ねなく死に触れ合えるのが、墓場だった。

だが、この光は何なのか。

数が増え始めた。列をなして一つずつ灯《とも》り、遅い足取りで近づいてくる。目を凝らした。裸火ではなかった。提灯《ちょうちん》だ。

松山では、秋祭りの前夜などに提灯行列という催しが行われる。地域の子どもたちが提灯を手に各家々へ訪問する、ハロウィンめいたイベントだった。朔太郎も参加したことがある。それを思わせた。だが、真夏の深夜に実施するなど聞いたことがない。

提灯を手にしているのは子どもではなかった。影だ。そうとしか言いようがない。

背は大人、暗幕を被っているような感じにも見えた。提灯の灯りに照らし出されることもない。漆黒の闇は、光を吸収しているようにさえ感じられた。周りの夜より暗く、微かに輪郭が分かる程度だった。

提灯を手にした影たちは、軽トラックの前へ横一列に並んだ。音はない。足音や衣擦《きぬず》れさえ聞こえてこなかった。深更の共葬墓地は静まり返っている。微かな音でさえ耳に届くはずだった。

拳銃は、運転席のサンバイザーに収めたままだ。武器になりそうな物は、ビールの空き缶ぐらいしかなかった。

提灯が持ち上がる。一糸乱れぬ所作だった。光が八の字にループし、交錯する。人魂や狐火を思わせる動きだった。影とともに宙を舞っているのか、提灯だけなのか。

朔太郎は汗が引いていることに気づいた。熱帯夜にもかかわらず、暑さを感じていない。背筋を何かが走った。

同時に、灯りが消えた。闇に呑みこまれたみたいだった。影も消失している。おかしな表現だが、夜の明るさが戻ったように感じられた。

朔太郎はテント内で横になった。暑さが戻っている。肌が汗ばみ始めた。

今の現象は何だったのか。

考えたところで、答えは出ないだろう。無駄な思考で脳を痛めつけるより、安らかな休息を優先した方が建設的だ。

真夏の深夜は、己を労《いた》わるべき時間だった。

八月六日　水曜日　五：一三

朔太郎はスマートフォンの音で目を覚ました。いつものアラームではない。着信音だ。

「あんた、どうなっとんぞね！」

秋吉菜々子だった。突然の発言に困惑する。何がと寝惚《ねぼ》けた声しか出せなかった。

「冨里春雄が殺されたがね」

「いつ？」今度こそ、完全に目が覚めた。「どこで？」

「今でも、余戸の共葬墓地で寝よん？」

宿無しなのは秋吉も知っている。そうだと答えた。

「ほやったら、すぐそこよ。出合の橋があるやろ。国道五六号の大橋やのうて、西にある旧道の方。袂《たもと》の下、河川敷で死んどったらしい」

旧国道五六号——現在の県道三二六号松山松前伊予線上に、古い方の出合橋はある。その袂の河川敷ならば、傍には正岡子規の句碑が建立されている。

〝若鮎の二手になりて上りけり〟——若鮎は晩春の季語だ。もし、また見立て殺人が行なわれたとしたら、今度も〝春雄〟が春の句で殺されたことになる。ただし、時期は晩春と真夏だ。犯行が行なわれた季節は合致していない。

昨日、朔太郎は春雄と一四時半から一五時すぎまで会っていた。春雄の自宅がある白水台と、死体発見現場の出合では距離もある。犯行は早くとも夕刻以降だと思われた。目撃の恐れなど近隣道路における交通量なども計算すれば、昨夜遅くから本日早朝と考えるのが妥当だ。

「死体の情報が欲しいんやけど」

「詳しいことは、私も知らんのよ」朔太郎の頼みに、秋吉は返した。「聞いたばっかりやけんね」

次男の夏彦殺害事案は、松山東署に特別捜査本部が設置されている。昨日得た情報は、本部詰めの女性職員からもたらされたものらしい。

「その娘《こ》もビビってしもとってね。私に情報《ネタ》流したんまずかったやろか、大事《おおごと》になるんやなかろか言《ゆ》うて。安心させてやらんといかんけん、あんたも話聴かせて。私も、その娘宥《なだ》めてもう少しネタ拾てみるけん」

秋吉は西署近くのファストフード店を指定した。最大規模の全国チェーンで、松山でも数キロおきに店舗がある。午前七時には開店するので、その直後に会うこととなった。

電話を切り、テントから出た。急いで身支度をしなければならない。まずは井戸水を浴びることからだ。いつもどおり寝汗に塗《まみ》れている。

空はすでに青く眩しい。入道雲は、歩いて登れるのではと思えるほど濃かった。昨日は夕立もなかったが、今日はどうなるか。暑い一日になりそうだった。

七：〇六

朔太郎は昨日の昼と同じく、須賀町へスズキ・キャリイを走らせた。

身支度を済ませたあと、軽トラックで共葬墓地の通路を抜け、高架となっている国道五六号の下を潜《くぐ》った。土手上の道に出て、西へ走る。旧国道との交差点、出合橋の袂は西側への通行が封鎖されていた。警察車両が多数駐車し、河川敷は青いビニールシートで覆われている。

事件現場を見ることは叶《かな》わないだろう。警察官に追い払われるのが関の山だ。朔太郎は右折の車線を選んだ。信号待ちとなり、屋敷前に立つ正岡子規の句碑が見えた。〝若鮎の二手になりて上りけり〟――どうして、犯人はこの場所を選んだのか。

昨日会った冨里春雄の顔が浮かぶ。もうこの世には存在しないと思えば、不思議な感じがした。

通勤ラッシュには早い時間帯だった。道路はスムーズに流れ、渋滞に巻きこまれることもなかった。西署の前を通りすぎ、ファストフード店へ向かう。

駐車場に軽トラックを入れ、店内へ。早朝から真夏の陽気で、冷房は全開だった。何人かの客が短い列をなしている。通勤者が多いようだが、制服姿の学生もいた。夏休みだから、部活へ向かう途中だろうか。

秋吉を探した。店のもっとも奥にあるテーブル席で手を振っている。近づくと、一番高いモーニングセットが目に留まった。これも芳賀珠美持ちになるのだろう。トレイには、ご丁寧にレシートが鎮座している。

「あんたも注文しといでや」

話が長くなるかも知れない。手ぶらは無理がある。列に並び、一番安いモーニングセットを注文した。トレイを手に、席へ戻った。

「捜査本部《そうほん》には呼ばれたんかな」

座ると同時に、朔太郎は問うた。秋吉は首を左右に振った。服装は昨日と大差ない。

「私は呼ばれとらん。昨日の情報くれた娘《こ》は引き続き入っとるけど」

次男――夏彦殺害に関して、愛媛県警は松山東署に特別捜査本部を設置している。短期間に長男も続けて殺害された。二件の殺人を関連ありと判断し、既存の本部を拡充して対応する方針だという。

本部入りしていない秋吉が興味を示しているのは、もちろん捜査のためではない。独自に情報収集を行なうことで、利を得ようとしているだけだ。外部に情報を売っている違法な身の上。保身の意図もあるだろう。

「今回はギブ&テイクで行こ」秋吉が真顔で提案する。「まずは、あんたが今まで動いてきた話や、そこで得た情報を聴かしてもらう。で、こっちの情報に見合うと判断したら、タダでネタあげらい。バーターにならんかったら、現金で補塡《ほてん》してや」

珍しく慎重な対応だ。事件が拡大した今、情報を漏洩《ろうえい》させる危険度も増している。互いにリスクヘッジは重要だった。闇雲な金儲けだけに走るほど、秋吉も馬鹿ではない。

「ま、ここのモーニング代は払てもらうけど」

秋吉は、レシートをひらひら振った。けち臭い性根までは、なかなか変えられるものではないようだ。

「こっちは、大したこと分かっとらんのやけどな」

正直に断りを入れ、朔太郎は話し始めた。

菅原美久という女性が失踪している。冨里一族の三男——冬汰は彼女を指名していた。店に現れ始めたのは、次男の夏彦が殺害された直後からだ。冬汰に面会しようとしたが、逃げられた。昨日は、長男の春雄と会った。大した話は聞けなかった。その夜、冬汰を菅原美久のアパート——今は娘の和だけが住んでいる——で見かけた。そこまでを告げた。

「何か、よう分からんねえ」秋吉が、これ見よがしに舌打ちする。「ゆうか、何も進んでないっちゅうことやろ。もうちょい、しゃんと仕事しいや」

「やかんしい。そっちはどうなんで」

「東署の捜査本部《そうほん》もバタバタらしいんやけど、何とか話が聴けてねえ——」

秋吉が持つ女性職員のネットワークは強固だ。いくら本来の業務が忙しくとも、秋吉からの依頼が優先されるらしい。

冨里春雄の他殺体は、本日の早朝に発見された。通報者は、河川敷のジョギングを日課としている会社員だった。被害者との接点や、事件との関連性は確認されていない。

被害者は血痕等から判断して、発見された現場で殺害されたものと見られる。ほかの場所から運んできた形跡はない。

「遺体の状況は」朔太郎は訊いた。

「いっしょよ」秋吉が息を吐く。「やはり米袋を被せられてね、頭を刃物で割られとったらしい。首筋には火傷痕もあったて。スタンガンやろ、でもね――」

今度の死体は、白いスプレーで線は引かれてはいなかった。その代わりに、縦に割られていた。

「縦に割られとった？」思わず声が出た。「それ、何ぞな」

「分からんわい。とにかく、殺したあとに米袋の上から、縦に刃物を叩きつけとんよ。死んだあとらしいけん、死体を裂いても血はさほど出んかったやろけど。頭のてっぺんから股間まで直線描いて、躰を縦に裂くみたいなかったんやと」

二つに割られた死体。朔太郎は思った――鮎の二手になりて上りけり。

「死体の頭はどっち向いとった？　東か西、たぶん東やろ。川上の方へ向いとったんやないん」

「いや、そこまでは聴いとらんのやけど」秋吉が戸惑う。「何？　それが重要なん」

朔太郎は説明した。二つに裂かれた死体は、二手に分かれた若鮎を意味しているのではないか。鮎は川上へと遡上《そじょう》するから、死体の頭も川上――東側を向いていたはずだ。

「あんた、昨日もそんなこと言よったね」秋吉は呆《あき》れ顔だ。「俳句の見立て殺人やったっけ。このクソ暑いのに、そんな面倒《めんど》いことする奴《やと》おるやろか。それにね、刃物を縦に打ちこんどったゆうても、死体が二つに分かれとったわけやなくて、切りこみ入れただけみたいなもんやけん。見立て殺人とかゆうのは、もっと丁寧にやるもんやないいん。雑すぎんかな。やり方が中途半端よ」

秋吉も現場を見ているわけではない。人伝に聴いているだけだ。だが、中途半端という意見には納得せざるを得ない面もある。

〝草茂みベースボールの道白し〟——被害者が入れられた米袋に白い線が描かれただけ。もしかしたら、犯人が野球のボールも置いたかも知れない。

〝若鮎の二手になりて上りけり〟——被害者の死後、頭から縦に凶器を叩きつけただけ。一応、被害者の頭部は川上を向いていると思われる。若鮎が遡上する方角だ。

確かに、雑で中途半端だ。そんな真似をする理由も分からない。秋吉も昨日言っていたが、そんな真似をする暇があるなら早く逃走するべきだろう。

夏彦は夏の句に見立てられ、夏に殺された。春彦も晩春の句に見立てられた。後者は〝季節違い〟はともかく、名前と句の季節が一致しているのは偶然だろうか。

「何か、金田一耕助みたいになってきたねえ」秋吉が腕を組む。

「こっちとしては、リュウ・アーチャーの気分やな」自嘲気味に答えた。「アメリカ中探しても、あんなに働き者の私立探偵はおらんけんな。おれも、一昨日《おとつい》から走り回らされてしもうとる」

「横溝正史とロス・マクドナルド」秋吉が腕を解いた。「日米二大作家の競演やねえ。知っとる？　この二人は作風が似とるって言われることがあるんよ。血縁関係を追っていったら、事件の真相が分かるとか。よう本格派の先生なんかが言いよらい。今回もそうなってくれたらええんやけど」

秋吉は、実はミステリー好きだ。警察官には多いのだろうか。朔太郎は答えた。

「そう簡単にはいかんやろ」

「まあ、一つの考え方ではあるやろけん。捜査本部《そうほん》の娘《こ》には伝えとこわい。兄弟が立て続けに殺されて、死体には細工。東署も相当混乱しとるみたいやけんね。そうそう、混乱と言えば――」

次男の夏彦殺害について、捜査本部は長男の春雄を第一被疑者と見なしていた。近く、任意で聴取する段取りまで進めていたという。

「元から兄弟仲が悪かったうえに、県議選出馬の資金とかで揉めとったらしいやん」

秋吉が補足した。動機はある。春雄は一族の不動産を管理していた関係から、夏彦宅のマンションについても合鍵を所持していた。それも、捜査本部が目をつけた理由だ。犯行後に夏彦の部屋は施錠されていたというが、合鍵があれば関係ない。

「捜査はふり出しに戻った形やけんね。捜査本部《そうほん》が荒れるんも分からい」

犯人は何者か。まさか、深夜に見た提灯の一団ではないだろう。

「春雄には奈緒ゆう奥さんがおったやろ。彼女はどうしとるん」

「それも、問題なんよ」

冨里春雄の妻――奈緒は消息不明になっていた。まったく連絡を取ることができず、所在も不明だという。

「旦那が殺されて、奥さんが消えた」秋吉が鼻から息を抜く。「捜査本部は血眼になって、彼女を捜しよるらしい。犯人なんか、それとも同じように殺されとんか。どっちにしても急いで見つけんと、えらいことになるけんな」

「昨日、奥さんに会《お》うた折にな」

朔太郎は昨日、奈緒に呼び止められた話をした。芳賀に話したいことがあると言っていたが、その場で内容を聴くことはできなかった。

「それ、早よ言わんかね」秋吉の顔が歪む。「ホント、トロいんやけん。ほかに言い忘れとることはないやろね」

「お願いがある」

朔太郎は秋吉にも菅原和の警護と、菅原美久の捜索を依頼した。

「今はダイさんとこの半グレに頼んどるけど、警察も動かしたい。極力表沙汰にせんと、何とかできんやろか」

「やってはみるけど」秋吉は脚を組む。「今回バーターにするかも含めて、金の話はペンディングやな。何が、どっちに動くか。全然読めん状況やけん。何かあったら、すぐ連絡おくれ。遅れんように。ええね、サク」

八：一二

秋吉と別れ、朔太郎はファストフード店を出た。陽が少し高くなり、町の明るさもその分だけ増している。暑さもだ。

軽トラックへ戻りエンジンをかけ、スマートフォンを取り出す。まず、藤嶌大地へ連絡した。

「娘さんは無事だぞ」藤嶌は言った。「今朝早く、〝ジェイソン〟から連絡があったべ。彼女、今日は部活も休みらしくて、一日アパートで母親の帰りを待つそうだが、まだ張りつけとくか」

そうするよう頼んだ。冨里春雄の殺害について、藤嶌はすでに知っていた。失踪との関連は不明だが、油断はできない状況だ。警察にも依頼した旨を告げた。

「秋吉のオバハンも、この状況じゃあそう派手には動けないだろうしな。あんま当てにはできねえだろ」

「可哀《かわい》そうに」朔太郎は、秋吉が藤嶌について言っていたことを思い出していた。「オバハン呼ばわりじゃあ脈はないのう」

「何か言ったか」藤嶌が怪訝な声を出した。「母親の捜索については、こっちでも力を入れてみる。状況の変化あったら、連絡くれ」

すぐに連絡しろ――皆、同じことを言う。情報化社会ということだろう。礼を言って、通話を終えた。

同時に、芳賀珠美からも着信があった。こちらからも連絡しようと考えていたのでちょうどいい。

冨里春雄の件は、芳賀も承知していた。鷹揚《おうよう》な声ではあったが、少しだけ焦りも感じられる。妻の奈緒が、姿を消している件も告げた。何らかの事件に巻きこまれたか、妻自身が犯人か。それは判らない状態だと補足した。

「朝イチで、菅原美久の戸籍謄本《こせきとうほん》を取らせとるけんな」

芳賀は言った。子飼いの県庁職員を使うらしい。今朝、段取りが整うとのことだった。紙ベースなので持ってこさせるそうだ。

「ボンも見においで。何かの役に立つやろ」

そのとおりだ。通話を切り、朔太郎はスズキ・キャリイを発進させた。

八・五六

芳賀珠美が子飼いにしている県庁職員は船井《ふない》留夫《とめお》という。長寿介護課に所属している三十四歳の主任だ。松山市役所から菅原和の戸籍謄本を入手させ、届けさせている最中だった。

部署にもよるが、国や県は市町村から公用で戸籍謄本を入手できる。紙一枚送るだけで良く、費用も送付及び返送用の切手代ぐらいだ。ほぼ自由に取れると言っていい。この時間に持ってくるなら、直接市役所の窓口へ向かったのだろう。

船井が所属する長寿介護課は、第二次大戦等の戦後処理を担当している。戦没者遺族に関する調査などのため、頻繁《ひんぱん》に戸籍謄本を必要としていた。関係ない事案を一件紛れこませるぐらい訳ないらしい。もちろん違法だが。芳賀のご機嫌を取るためなら、安いと考えているようだ。

戸籍謄本は公式に使用するわけではないため、原本である必要はない。コピーをメールする方法もあるが、記録が残る。証拠を残さないよう、紙ベースでやり取りすることにしたようだ。

松山西署がある須賀町と、芳賀邸の宮西は比較的近い。県道と環状線を戻ればいい。

朔太郎は先に到着し、船井を待っていた。

「先生、お待たせいたしましたあ」

大袈裟な声が応接間まで響く。小柄で小太りな男が顔を出した。県庁職員の船井だ。松山市役所の封筒を手にしている。

顔の造作が小さく、大きな丸眼鏡《めがね》しか目に留まらない感じだ。出世のためならいくらでも県議や上役に媚《こ》び、違法な情報流出も厭《いと》わない。地方都市には珍しくないタイプの小役人だった。朔太郎も人のことは言えないが。

「朝一番に市役所を叩き起こしてやりましてね」自慢げに船井が言う。「まあ、松山市は私に一目置いていますから。今回など、まだ対応が遅いくらいですよ」

市町から見た国や県を〝上級官庁〟などと呼ぶ。〝上級国民〟とは違い悪意のない行政用語だが、名が体を表している。指導官庁とも呼ぶそうだが、そうした立場を笠《かさ》に着ただけだろう。船井のようなタイプが、他人から一目置かれるとは思えない。

応接間に入ってきたが、ソファの朔太郎には目もくれなかった。以前から見下されている気がしていた。強い者に弱く、弱い者に強い。そのくせプライドだけは高い。公務員――特に上級官庁がすべてそういう人間というわけでもないが、たまには勘違い野郎も出てくる。朔太郎のように組織へ所属していない者など、人間とも思っていないのだろう。

「それでも、なかなかの無理ゲーでしたよ、先生。私でなければ、ここまで迅速な処理は難しかったでしょうね」

手柄話に花を咲かせ、功績をアピールしていた。船井は東京の一流私大を出ている。ほかには、誇れる取り得らしきものもないようだが。そのためだろう。こいつが使う言葉も標準語の変形品――〝田舎者が憧れる都会言語〟だった。自分の言葉が、この場では〝雑音〟になっているとはたぶん気づいていない。

「ええけん、早よ貸し」

芳賀はソファに座ったまま、右手を差し出した。こちらは小指が残っている。船井など歯牙《しが》にもかけていないようだ。素直に言うことを聞くから、使っているだけ。県議にとって、県庁職員を手懐けるのは損な話ではない。

船井は少し鼻白んだが、すぐに恭《うやうや》しく封筒を差し出した。跪《ひざまず》かなかったのが不思議なくらいだ。この手の人間は立ち直りも早い。そこだけは見習うべきだった。

「ご苦労さんやね」軽く労《ねぎら》い、芳賀は戸籍謄本を封筒から抜き出した。朔太郎もその後ろに近づいた。

「マジこれ」

朔太郎は目を瞠《みは》った。さすがの芳賀も驚きを隠せないようだ。

菅原和の母は、美久という名前ではなかった。本名は菅原秋恵。冨里四季蔵の長女だった。和は、四季蔵の孫に当たる。

「菅原美久は表向きの名前。つまり、偽名を使用しとるゆうこと?」

誰に問うでもなく、朔太郎は呟いた。芳賀も考えこんでいるようだ。事情を知らない船井だけが、きょとんとしている。

「そうとしか考えられんわね」芳賀も呟く。「これを見る限り、菅原美久なんて女は存在せんゆうことになるんやけん」

冨里秋恵の夫は菅原有。和が語った父親の名と同じだ。現在は夫の姓を名乗り、菅原秋恵として娘の和を出産した。戸籍謄本には養子縁組等の形跡は見られない。

菅原秋恵のほかに菅原美久という女性も存在し、義母として和を育てている。可能性は捨てきれないが、少なくともこの書類上からは読み取れない。戸籍謄本に記載されている秋恵が、美久と名乗っていた。そう考える方が自然だ。

どういうことだろう。朔太郎は疑問を整理していった。冨里冬汰は菅原美久の弟ということだ。当然、姉だと知っていただろう。なぜ、熟女キャバクラで姉を指名していたのか――わざわざ金を払ってまで。何の目的で、どのような話をしていたのか。

何より当の菅原美久――冨里秋恵はどこにいて、何をし、どういう状態にあるのか。

「担任の森田先生は知っとったんやろか、このこと。で、この菅原有ゆうんは、どうゆう人間か知らん？」

朔太郎は芳賀に問うた。学校なら入学する際、何らかの公文書を提出しているはずだ。偽装もできないだろう。この戸籍謄本が証明している。

「梨名ちゃんに訊いてみよわい。で、旦那の件やけど――」

菅原有は、元は愛媛銀行の行員だった。この点も、和から聞かされていた父親の情報と合致する。当該銀行は冨里一族のメインバンクだという。美久――冨里秋恵と有の結婚は、その縁からかも知れない。芳賀は説明するが、なぜ偽名で通す必要があったのだろうか。

芳賀と朔太郎はともに腕組みし、思案に暮れていた。船井は、戒能由美が持ってきた麦茶を呑気《のんき》に飲んでいる。

朔太郎は再度、戸籍謄本を見た。婚姻日と和の出生日を見較《みくら》べる。二カ月しか空いていない。いわゆる授かり婚の可能性もあった。

「殺された長男の春雄に、昨日会《お》うたんやけど」

菅原美久の名を告げ、写真も見せている。朔太郎は春雄の反応を思い出していた。

「一瞬眉を寄せただけでな、知らんって答えたわい。何でやろ。自分の妹やけん、顔見たらすぐに分かりそうなもんやけどな。わざと隠したとしか思えん」

なぜ、春雄は知らないと答えたのか。芳賀も同じ意見だった。万が一に美久と妹の秋恵が別人だとしても、妹の娘――姪《めい》を育てている女性だ。何らかの反応はあって然《しか》るべきだった。

「そやろな、何かはあるんやろ。その辺がはっきりしたら、いろいろ分かってくるんやないかな」

芳賀は担任の森田を通して、菅原和に家族の状況を訊いてみると言った。朔太郎たちが直接問うよりは上手くいくだろう。

「当主の冨里四季蔵に会《お》うてみたいんやけど」

朔太郎は言った。以前から考えていたことだった。

「お袋さん、段取りつけてくれんやろか」

「昨日も言《ゆ》うたけど」芳賀は難しい顔をしている。「あの爺さんに会うんは面倒《なかなか》よ。ウチでも、あの人が病気してから顔合わしとらんし。でも、そんなこと言《ゆ》うとる場合やないか。やってはみよわい。上手くいくかどうかは分からんけどな」

冨里の威光はいまだ健在だというが、芳賀も着実に影響力を延ばしている。町の権力を握る実力者同士、無下にはされないのではないかと朔太郎は考えていた。

「まあ、頼まい」ほかに、朔太郎に言葉はなかった。

「先生、私そろそろ」

仕事を抜け出してきているのだろう。腕時計を見ながら、船井が立ち上がった。口を挟もうと、タイミングを見ていたようだ。顔に少し焦りの色がある。

朔太郎は腕時計をしていない。スマートフォンで間に合わせている。

「忙しいところ、すまんかったねえ」

顔に満面の笑みを、芳賀は浮かべていた。おしなべて政治家は、人たらしでないと務まらない。

「また、何かお願いすることもあるやろうけん。よろしく頼まいねえ」

芳賀の優しい言葉――かどうかは疑問だが――に、船井も満足げな笑顔を見せた。お愛想か、本心からだろうか。どちらでも関係ない、ほかにすべきことが山積している。次はどう動くか、考える必要があった。

挨拶を残して船井が去り、朔太郎のスマートフォンが着信を告げた。余土公民館の主事、昨日会った今村からだった。

「愛大の先生と連絡取れましたけん」

今村が紹介してくれたのは愛媛大学法文学部の教授で、田中という名だった。
「今からやったら、お会いできるっておっしゃっとるんですけど、急ですかね。夏休みやけん、自宅へ来てほしいとのことなんですが」

九：三〇

愛媛大学教授――田中のマンションは道後《どうご》一万《いちまん》にある。公民館主事の今村から告げられた住所に着いた。外来者用駐車場も備えた親切な物件だった。

芳賀邸を出た朔太郎は、スズキ・キャリイで平和通りを東へ走った。松山赤十字病院の傍を抜けると、マンションはすぐだった。病院の向かいには、愛媛大学の城北キャンパスが広がる。田中は、職場の近くで居を構えていることになる。

マンションは新しかった。車中心の郊外型都市移行に伴い、松山市中心部は空洞化が進んでいた。古くからの店舗等も多くが撤退を始めている。空き地ができた途端、まずはコインパーキングとなる。話が整えば、マンションかビジネスホテルに変貌する。そうした一棟のようだった。

十四階建ての最上階に、田中の部屋はあった。エントランスにはセキュリティが設置され、入居者の許可なく入棟できない。腰までの装置にはテンキーとスピーカーが備わっている。聞いていた部屋番号を押し、開錠を依頼した。

「少々お待ちください」

紳士的な口調だった。開錠音とともに、エントランスの自動ドアが開いた。

エレベーターで最上階へ。出てすぐにドアがある。新しさと高級感が、建築の門外漢にも伝わってきた。廊下等に窓はなく、見晴らしは分からない。インターフォンを押す前に、ドアが開いた。傍で待機していたようだ。

出てきた男性は、五十代後半に見えた。長身で体格が良く、ほぼ完全な白髪をオールバックにしていた。とりあえず名刺を交換し、田中教授であることを確認した。

世間話などで、人となりを探る時間はない。今村を介して、互いの情報は交換してあった。田中は東京都出身で、東京大学の大学院を出ている。たまたま赴任した愛媛を気に入り、土地の伝説や歴史などを長年研究し精通しているとのことだった。

こちらの素性も伝わっているはずだ。奥へ通された。リビングルームは南向きで開放的、松山市内が一望できる。目線の少し上には、松山城も見える。部屋のインテリアも高級さより、清潔感が勝っている感じだった。

「妻が所用で不在にしていまして、何のお構いもできませんが」

東京人が使う東京弁。船井辺りが使うような〝田舎者が憧れる都会言語〟とは異質だった。本物は香りが違うということだ。舌に載せる単語にも気品が感じられる。各地方の言葉には、それぞれの美しさがあるということなのだろう。

人はそれぞれ、生まれ育った土地と言葉を持つ。言葉は各地方の文化や暮らしに直結し、土地に根付いている。使う言葉が美しく響くか単なる雑音となるかは、各自の背景によって変わってくる。それを自覚しているだけでも、周囲の反応は違うものとなるだろう。朔太郎は何となく、そんなことを考えていた。

ガラステーブルを挟んで、低いソファに腰を落とした。田中は、500ミリペットボトルの緑茶をそのまま出してくれた。

「今村くんから〝本陣村の火炙り庄屋〟について、お調べになっているとお聞きしていますが」

今村を通して、素性を明かしてあったのは正解だった。話が早い。

「はい。もし本陣村が存在しておったとして、やはり余戸近辺なんでしょうか」

「そうなると思います。私が調べた限りでは、ですが。ただし、伝説がどこまで史実に近いかとなれば話は別です。オカルトめいた民間伝承などと比較して、かなり現実性の高い話であるとは思われますけれど。実話かと言えばどうでしょうね」

「つまり、かなり眉唾な話やと」

「単刀直入に言えば、恐らく」

伝説を教えてくれた理容所店主――小柴佑と、ほぼ同じ意見だった。

「ただですね」田中は言葉を継いだ。「伝説と同じ時期に、庄屋が交代するという出来事はあったらしいんですよ。松山藩その他近隣地域にも資料が残っていないため、詳細は不明ですが」

エントランスで聞いた第一声同様、田中は物腰も紳士的だった。

「教授は、冨里一族に関しては何かご存じゃないですか」

朔太郎の問いに、田中の表情が変わった。考えるというより、軽く驚いたような感じだった。

「今述べました庄屋の交代についてですが。本当に交代があったのなら、後釜《あとがま》に座った庄屋が冨里家ではなかったかと私は考えています」

今度は、朔太郎が驚く番だった。少しずつ点と点が繋がっていく感触。一族のルーツを追うために、冨里冬汰は火炙り庄屋伝説に興味を持ったのだろうか。

「失礼ですが」田中は微かに首を傾けた。表情に屈託はない。「逆にお訊きしたいのですよ。なぜ今どき、この伝説を追うのか」

質問を受け、その趣旨を訊き返した。

「最近、この話に興味を示す人間はほとんどいませんから」田中の表情は明るい。他意はないようだ。「数年前に、ある方から問い合わせがあった程度です」

問い合わせ——冨里冬汰か訊いたが、違うとの回答だった。

「その方のお名前や、ご連絡先を教えていただくことはできますか」

「いえ、それはちょっと——」

渋面を作った。当然だった。大学への問い合わせについて、部外者に漏らすことはないだろう。個人からの相談ならなおさらだ。

朔太郎は順序立てて、説得を試みることにした。現在、ある失踪女性の捜索を行なっている。その過程で冨里冬汰の名前が挙がり、彼は〝本陣村の火炙り庄屋〟に関心を持っているのではないかと考えられる。伝説の件も含め失踪との関連は不明だが、冬汰の兄は二人とも殺害されている。次男の夏彦が二週間前、長男の春雄は昨夜から今朝にかけてだ。それらの事案が関係し合っているかはともかく、広く情報は収集しておきたい。もちろん、外部に漏らすことはない。

殺人事件については直接関わるものではないが、関連ありと判断した情報は積極的に当局へ提供していく方針だ。県議の芳賀珠美は、県警とも協力し合う関係にある。ほぼ嘘は言っておらず、多少脚色した程度だ。田中は少し考え、立ち上がった。

「了解しました。少々お待ちください」

明るいリビングから、仄暗《ほのぐら》い廊下へと出て行った。戻ったときには、一通の封書を手にしていた。中身が充満しているのか、かなり分厚い。

「こちらが、その手紙です」田中は封書を差し出してきた。「今村くんから話を聴き、研究室から持ち帰っていました」

受け取って、裏面を見た。差出人欄には、濱岸《はまぎし》いろはとあった。初めて聞く名だった。

「中身を拝見してもええですか」

田中の了解を得て、中身を引き出した。出てきた便箋《びんせん》は十枚に及ぶ。小さく、几帳面かつ達筆な字が並んでいる。万年筆もしくはペン書きだった。ちなみに、封筒の宛名と差出人は毛筆だ。

内容は専門的で、手紙というよりは短い論文――学生時代のレポートを想起させた。

かなり長いが、要約するとこうなる。

〝本陣村の火炙り庄屋〟伝説は、当時の権力者及び協力者によって都合よく捏造《ねつぞう》されたものだ。

濱岸いろはの祖先である濱岸一族は、本陣村――現在の余戸地区辺りと思われる――と呼ばれた地域の庄屋だった。今で言う村長のような役職に当たる。

地域に尽くし、困っている村民の相談に乗り、積極的に手も貸した。常に、自分たち一族のことは後回しにしていたそうだ。小作人その他、身分の違いも気にかけない。そうした人柄は、当時の村民から広く愛されてきた。

ただし、藩主はじめ武士階層との関係は思わしくなかった。村民には優しい分、上に対して物申す姿勢を貫いてきたからだ。年貢の徴収などにより、困っている者のためには役人に盾突くこともやぶさかではない。強固な信念の持ち主だった。

加えて、濱岸一族は幕藩体制以前から続く豪農でもあった。力を持ち、村民からの人望も厚い。藩主も軽々には扱えなかったそうだ。当時の藩にとって、濱岸一族は目の上のたん瘤《こぶ》みたいな存在だった。

あるとき、村は激しい不作に見舞われた。飢饉と呼べる状態へと陥ってしまった。

そのことは、藩と庄屋の対立を表面化させるきっかけとなった。例年どおり年貢の取り立てを行なおうとする藩側と、反発する村民。村人側に立つ庄屋――濱岸一族と、役人との溝は深まる一方だった。

そうした事態に関して、藩主は濱岸一族掃討の機会と捉えた。この機に、反抗的な庄屋を一族郎党すべて排除する――血縁者全員の生命を奪ってでも。

陰謀は秘密裏に進められた。必要なのは、村内における協力者の存在だった。ある小作人一家に白羽の矢が立った。村民には知られることなく。現庄屋に取って代わろうとする野望を持つ一族だ。藩主とその配下は、その小作人一家と共謀した。

ある夏の深更。小作人一家の手引きで、藩主の配下が本陣村内へ入った。庄屋の濱岸家を殺害し、屋敷に火を放つためだ。

刀傷は残すな――藩の関与を疑われては困る。藩主の命だった。濱岸一族は全員が米俵を被せられ、鉈《なた》や手斧《ておの》といった刃物で斬殺された。

万が一にも、生き残りがいてはまずい。火を放つ前に、屋敷の出入り口をすべて釘《くぎ》打ちする念の入れようだった。

火を放たれた濱岸の屋敷は、夜明けまでには全焼した。一族に生存者はなかった。

濱岸一族の遺体は、すべてが無残に焼け焦げていた。全焼死体が屋敷から出され、河原で野晒《のざら》しとされた。首こそ切断されていないが、晒《さら》し首のようなものだった。弔《とむら》おうとする者は誰もいない。村内の誰もが、何が起こったのかを悟り忖度《そんたく》した。村民はすべて、関わりを避けた。わずかに残った濱岸の遠縁者は、村八分のような扱いに耐え切れず村を去っていった。この少数の人々が、濱岸いろはの祖先に当たるという。

焼け焦げた濱岸一族の遺体は、朽ち果てるまでそのまま捨て置かれた。無念からだろうか、遺体は赤い涙を流し続けていたという。その涙は原形を留めない顔から河まで続き、水を赤く染め上げてしまった。それを見た本陣村のある男は、三日後に首を縊《くく》った。

藩主によって、この事実は隠ぺいされた。藩全体に緘口令が敷かれ、カムフラージュとして〝本陣村の火炙り庄屋〟なる伝説がでっち上げられた。

庄屋一族が全滅した。当然、幕府にも報告された——失火による事故として。そのために、一族殺害の手口もあらかじめ吟味されていた。反対する声は藩内になく、幕府からの咎めもなかったという。

そして、新たな庄屋となった小作人一家こそが、冨里一族の祖先に当たる。

いくら蓋をしても、人の口を完全にふさぐことはできない。わずかな伝承が口伝えとして後世に残されてきた。

これが〝本陣村の火炙り庄屋〟という民間伝承の真実だ。教授のお考えをお伺いしたい。また、この事実を証明して世間に知らしめてほしい。

その依頼をもって、手紙は終わっていた。現地へも赴き、かなり調べているのは分かった。ただしエビデンスと呼ぶにはあまりに曖昧、決め手に欠けるものと思われた。仮説まで届いておらず、妄想の類と片づけられても仕方ない代物だった。

田中の許可を得て、朔太郎は封筒の両面及び便箋すべてをスマートフォンで撮影した。

濱岸いろはに関しては、冒頭に簡単な自己紹介があった。元県庁職員で、定年から二十年以上経っているという。ならば、八十歳を越えている。退職後かなりの時間が経過しているが、元県庁職員なら情報を取るのも容易だろう。

「教授は、この意見ゆうか仮説もどきをどうお考えになられてますか」

「正直、私も初めて聞く話でして」田中は眉を寄せ、首を傾げている。「この説を証明する事実は、私も把握していませんし。ここに提示されている事柄も、ご自身でよくお調べになっているとは思いますが、非常に根拠薄弱と言わざるを得ません」

田中も朔太郎と同意見らしい。先を促した。

「一部の地域、余戸のどこかではそうした口伝えがあるのかも知れません。私としましては、実際に起こった庄屋の交代劇がどこかでねじ曲げられて伝わった。そんな一例ではないかと考えています」

「この濱岸氏に、お返事はされとんですか。お会いになったとか」

「いいえ」田中は、微かに照れたような笑みを見せた。「この伝説に関しては不明な点が多いと、手短に文書で返送しただけです。先ほど、若月さんにお話ししたのと同じような内容を。会ったことはありません。お恥ずかしい話ですが、少々恐ろしいものも感じまして。執念と言いますか」

朔太郎はうなずいた。確かに、文面から感じられるのは一種の妄執だった。

「ほかの研究者は分かりませんが」田中は続けた。「こうした仕事をしていますと、たまに何かから呼びこまれるような感覚に陥るんですよ。実際に呼ばれているのかも知れません。その土地に、今も息づいている声や想いに」

田中は微笑んでいる。声も明るいが、冗談を言っているようには聞こえなかった。

「もし、火炙り庄屋伝説や濱岸さんの説が史実だとすれば、その場所にはものすごく強い怨念が残っていることでしょう。アカデミックな立場の人間が、何を非科学的なと思われるでしょうが。若月さんは感じたことないですか。何しろ暑い時期です。くれぐれも、お気をつけて」

一〇：一八

愛媛大学教授——田中のマンションを辞去した。外へ出た途端、陽射しと蟬の声が降ってくる。汗が噴き出す前に、朔太郎は軽トラックへ乗りこんだ。

スマートフォンを確認した。芳賀珠美からの着信が残っていた。マナーモードにしていたため気づかなかった。

「和ちゃんと話したぞね」

菅原美久こと冨里秋恵の娘と電話で会話したそうだ。

「お母さんの親戚については、何も知らんって言いよった。死んだとしか聞かされとらんらしい」

それはそうかも知れない。偽名を使って生活するほどだ。娘に親族のことを事細かく説明していない方が、むしろ自然に思えた。

なお、菅原美久と冨里秋恵が別人であるという証言は、少なくとも娘の和からは得られなかったという。

「あと、梨名ちゃんにも電話したんやけどね」

菅原和の担任教諭――森田梨名。菅原美久の偽名について、知っていたのか確認したそうだ。

「知っとったらしい。別れた夫からのDV対策で、偽名を使とるて母親の美久から聞かされとったんやて」

「そんなん、信じたん？」

「四季蔵の爺さんが、裏から手ぇ回したんかも知れんな」

「爺さんが自分で言《ゆ》うたんかな」

「あの爺ィが自分で口割ったりするかいな。私立もそやけど、市立の中学でもあんな奴《やと》にグズグズ言われたら折れるしかないやろ。えげつない真似も平気でする人間《にんげ》やけんな、四季蔵さんは。権力振りかざして、そんなことしたらいかんぞね」

「自分のこと棚に上げて、よお言わい」

「四季蔵《あれ》らに較べたら、ウチら可愛いもんよ。で、愛大の先生は何て言いよった？」

「専門家の見解でも、伝説は眉唾らしい。それから──」

田中のところへ届いた、濱岸いろはの手紙について説明した。芳賀も、濱岸という名には覚えがなかった。

「その濱岸いろはについてなんやけど、県の船井さんに戸籍謄本を取るよう言《ゆ》うてもらえんやろか。大至急で」

濱岸が県庁職員であったことも添えた。職場での評判等、どんな人物であったかも探らせるよう追加で頼んだ。

「もう定年退職して、二十年以上になるらしいけんな。今も現役の県職員で、知っとる人間も少ないやろうけど」

「ウチが別の伝手使おわい」芳賀が答える。「船井じゃあ頼りないけんな。出処怪しいネタ拾てこられても困るやろ」

さすが人を見る目がある。船井が使えるのは、せいぜい違法な事務手続き程度だ。聞きこみによる情報収集など、ハイレベルな技は期待できない。

「それからな、冨里の秘書しよる中村《なかむら》さんから電話があってな」

芳賀の申し入れに対する回答らしい。朔太郎が出ると同時に、連絡したそうだ。

「当主の四季蔵さんが会うって言いよるらしい。屋敷まで来てほしいんやて」

「拳銃が二挺《ちょう》要るやろか」

レイモンド・チャンドラーの小説を真似てみたが、スルーされた。邦訳が四パターンもあり、すべて邦題が違う。そんな名作なのだが通じなかったようだ。小説を読まない人間とのつき合いは疲れてしまう。

とはいえ、冨里四季蔵が評判どおりの人物なら、拳銃など十挺あっても足りない。

一一:〇〇

指定された時刻に、朔太郎は冨里家の屋敷へたどり着いた。正確には、インターフォンまで押していた。

「一一時に、母屋の方へ来てくれと」

芳賀珠美は補足した。秘書の中村は〝母屋〟と言ったそうだ。古い言葉だった。

「インターフォンまでな、その時刻に鳴らしてくれ言いよったわい。面倒《めんど》い奴《やと》らよなあ。悪いけど、至急向かってくれん？　ウチも同行したいんやけど、このあと党幹部と会合があるんよ。これも面倒い連中やけんな。政治屋なんてほんなんぎりやけん」

「おいでたかな」

快活な声だった。コンマ一秒遅いと言った叱責は受けずに済みそうだ。秘書の中村氏だろうか。

「今、裏で農作業しよりましてな。そっちへ回りますけん、ちょっと待っとってつかあさい」

細かく時間指定してきた割には、悠長な話だ。待つ間に、朔太郎は屋敷を見回した。

冨里家の母屋は余戸地区北側、田園地帯の中央にある。住宅が点在する中そびえ立つのは、さくら小学校とこの屋敷だけだった。かなり古い木造平屋だった。本当の金持ちは、高い建造物を創らない。いくらでも土地を持っているため、天に手を伸ばす必要がないからだ。

映画やドラマで庄屋のセットが必要なら、この屋敷を参考にするだろう。昔の豪農を思わせる造りに、近代的なリフォームが随所で行なわれている。整然とした瓦屋根が、夏の陽光をはね返し続けていた。

広い敷地は萎《しな》びた木の塀に囲まれ、その内側で庭木はもう一つの壁を為《な》し、蟬も鳴く。塀の多くは水田と接し、青く伸びた稲穂が風にそよいでいる。近隣の住宅とは距離があり、遠巻きに眺められている感じさえ受ける。開発が遅れているのか、そもそも冨里一族がさせないのか。そうした情景が、城を思わせる孤高の風格まで屋敷に加えているようだった。

朔太郎は、叔父に聞かされた菅原道真の話を思い出していた。従者の呪いや祟りに関する伝説だ。彼らが眠っているという墓石は、冨里邸の周囲には見当たらなかった。

「お暑い中ご足労いただき、すみませんなあ」

屋敷に向かって右手から、先刻聞いた快活な声が響いた。五十代半ばだろう。粗末な麦わら帽子を被り、白いオヤジ向けのシャツに作業ズボンという格好だった。長身だが腹が出ている。顔はいかつく、色黒。いかにも農家風の男は、秘書の中村だと名乗った。「時間に遅れたんやないですかね」名刺を渡し、朔太郎は言った。中村は農作業中だったため、名刺は持参していないそうだ。

「ああ、気にせんでええ」顔をしかめ、鼻で嗤い、陽気に続ける。「うちのボスは、せっかちな〝待てない様〟やけんな。指示されたけん一応、芳賀先生にはあんな言い方したけど、少々遅れても問題ないんよ。放っといたらええわい」

ある北海道出身の作家が、四国にはラテンのノリがあると語っていた。のんびりしていて、遅刻してもその作家に悪びれることはなかったという。基本、陽気なのだそうだ。彼は、中村のような男を見たのかも知れない。芳賀によると、冨里四季蔵の片腕とのことだった。

どうぞと手で示されたのは、開け放たれたアルミサッシの両開きドアだった。そこだけ異物感があった。広い玄関は、広い廊下に続いている。木の根みたいな、よく分からない置物も大きい。陽光が眩しいため、家の中は影となっていた。

奥の広間へ案内された。中央より、いくらか前方に敷かれた座布団へ正座した。冨里四季蔵を呼んでくると言って、中村は消えた。

何畳あるのか、数えるのさえ面倒な面積を持つ和室だった。広さはホテルの宴会場並みだが、品がある。以前に『鬼太郎《きたろう》誕生　ゲゲゲの謎』という映画を観た。そこで、親類一同が集まっていた部屋に似ている。

前には床の間があり、花瓶に花が生けられていた。複数種が投げ入れられているが、辛《かろ》うじて桔梗《ききょう》だけ分かった。その前には座布団ではなく、木製で和風の高座椅子が置かれている。

障子は開け放たれ、庭に面した戸は網戸になっていた。日本庭園風の庭は苔むし、少し荒れているようだ。エアコンは見当たらず、和室の隅で扇風機だけが首を振る。それで充分涼しかった。

廊下から、硬質な音が響いてくる。それが杖《つえ》を突く音だと気づいたのは、立てている本人が姿を現したときだった。

「冨里家の当主、四季蔵でございます」

秘書の中村が紹介し、軽く一礼した。四季蔵は小柄だが、頭だけが大きく見えた。眼光鋭く、目力が強くて、唇も厚い。完全な禿頭《とくとう》だ。服装はTシャツに短パンと、カジュアルだった。薄い緑のTシャツは、中央で寝そべったパンダが鼻をほじっている。その上下には〝ニートは一時の恥、社畜は一生の恥〟なる文字が躍る。至言だ。なかなかお茶目な性格らしい。

冨里家当主にして県内与党の重鎮。県議会議長も務め、数年前まで現職の県議会議員だった男。退任後も、県内政界に多大な影響力を持つという。数年前のクモ膜下出血に伴い、右半身に麻痺があると聞いている。

四季蔵が座敷に入ってきた。左手の杖で畳を突き、右脚は引きずるようにしている。

右腕は曲げた形で躰につけ、托鉢僧《たくはつそう》のようなポーズを取っていた。微かに首も傾いでいるようだ。中村が近づき、椅子に座る介助をしようとした。当主はうるさそうに、杖で秘書を追い払った。

苦労しながらも、四季蔵は一人で椅子に腰を落とした。朔太郎は立ち上がり、名刺を差し出そうとしたが、左手の杖で断られた。

「要らん。中村に一枚渡しとるやろ。そんなもんでも無料《タダ》やないけんな」

目力同様に、強く低い声だった。躰に残る障がいなど、物ともしていないようだ。朔太郎は座布団に戻り、また正座した。

「足、崩さんかい」四季蔵が、ふたたび杖を振る。「正座なんかやめ、やめ。ええ若いモンが」

言われたとおりに足を崩し、胡坐をかいた。意外といい奴かも知れない。少なくとも、拳銃は九挺で済みそうだ。

「この度は息子さんお二方のこと、心よりお悔やみ申し上げます。大変なときに押しかけまして申し訳ございません」

「そんなん、ええ」三度杖を振る。癖のようだ。「それよりこのクソ暑い中、わしに話て何ぞお」

最初は、一番気になっていることを問うと決めていた。

「先生はご自身が四季蔵やから、子どもさんのお名前も春夏秋冬にされたんですか」これだ。「五人目が生まれたら、どうするつもりやったんです？　梅雨蔵とでもするつもりとか」

四季蔵は、わずかに目を丸くした。少しして、豪快に笑い飛ばした。

「ニイちゃん、面白《おもろ》いのう。気に入ったで」

大物ぶる輩の器を測るには、生意気な若造を演じるのが有効だ。小さい奴は激怒し、中ぐらいの奴は説教を始める。本当の大物は歯牙にもかけない。気に入って笑い出すなら、中の上といったところだろう。

「おい、中村。小富士持ってこいや」小富士は愛媛の地酒だ。燗《かん》でもいいが、この時期は冷酒を好む者が多い。「真夏の昼間やのに、素面《しらふ》でなんか話せんやろ」

「何に言よんですか」中村が窘《たしな》めた。きつい口調だ。「お医者さんに止められとるでしょ。この前も叱られたとこやのに」

「厚かんしいのう。ちょっとぐらい構んかろが。ニイちゃんも呑《や》るやろ」

車だからと断った。結局、根負けした中村が小富士を持ってきた。椅子の手すりに小テーブルを設置し、その上へ置いた。ガラス製の徳利《とつくり》は花瓶みたいな形状で、中央の氷ポケットで酒を薄めず冷やすことができる。横の皿では、はち切れんばかりに実の入った枝豆が湯気を立てている。朝採れの自家製らしい。酌をしようと立ち上がりかけたが、手で制された。

「男の酌なんか要らん。酒が不味《まず》なるけん」

「そうゆうのは最近、差別になるらしいですよ」

朔太郎は微笑んで見せた。またげらげら笑い、四季蔵は手酌で始めた。左手で徳利を持ち、注いでから持ち替える。お猪口《ちょこ》というよりグラスに近い。やはりガラス製のため、涼しげではあった。朔太郎にはノンアルコールビールが供された。第一印象のとおり悪い人間ではないようだ。善人には程遠いのだろうが。

「明るいうちから呑む酒は沁《し》みるのう。こんだけ暑いとなおさらよ」

朔太郎をダシに、単に酒が呑みたいだけとしか思えない。困った年寄りだが、舌が滑らかになるなら歓迎だ。本題に入るため、立ち上がった。

「先生、こちらを見ていただきたいんですが」

バックパックからスマートフォンを取り出し、画像データを開いた。老眼なのか、四季蔵が目を細める。指先で拡大してやった。

「この女性は菅原美久さんゆうんですが、行方不明になっとって娘の和さんが心配しとります。で、芳賀のところへ捜索が依頼されまして、僕がその下請けゆうわけです」

状況を説明し、朔太郎は一拍置いた。

「――先生の娘さん、秋恵さんで間違いないですね」

「ほうよ」

拍子抜けするほど、あっさりと答えた。表情に変化はなく、酒にも強いのか頬には赤味も射していない。

「ここまで来たゆうことは、確信があるけんやろが」四季蔵は続けた。「そんな奴《やと》に隠し立てするほど、わしは往生際が悪ない。わしの長女、秋恵で間違いないわい。ただし、勘当しとる。縁を切ってしもてからやけん、かれこれ十年以上会《お》うてないのう」

朔太郎は、同じ写真を長男の春雄にも見せている。一瞬だけ眉を寄せ、すぐ素に戻り、知らないと答えた。今考えれば、驚きを押し隠していたのだろう。

「なぜ、娘さんは偽名を使《つこ》てまで、こちらの家と距離を置かれるんですかね。娘の和さんは、お爺さんはもちろん伯父《おじ》さんたちの存在さえ知らない様子ですよ」

一つ息を吐き、四季蔵はガラスのお猪口を置いた。新たに冷酒を注ぐ。

「芳賀の婆さんに仕えとんやったら」

四季蔵は据えた目で見てきた。今日見せた中では、一番厳しい表情かも知れなかった。

「秘密は守れるやろな。まあ、あの婆さんにも念は押しとくが」

はいと答えた。芳賀の意向を無視して、情報を漏らすことはあり得ない。

「秋恵の娘は、和ゆうたかな。あれはわしの初孫ゆうことになるんやが、父親は婿の菅原有やない」

一呼吸置き、冷酒を呷った。満杯だったお猪口が空になった。

「わしの三男、冬汰よ」

長女の秋恵は、十代の半ばごろから素行が荒れ始めた。勉学は疎かになり、悪い仲間とつき合い始めた。

「注意したら、わしや息子らにまで暴力振るいよったけんな。この中村にもやで。もう手がつけれん、どもこもならんかった。何が原因なんかは分からん。突然のことやったゆうんだけ覚えとる」

朔太郎は、四季蔵が語るに任せた。手元のビールが、ノンアルコールであることが悔やまれるような内容だった。

「冬汰とのことが起こったんもそのころやった」冷酒を呷る。青酸カリでも吞まされているような顔をしていた。「冬汰の言い分では、姉の方から誘ったらしいわい」

単なる非行なら、年齢から考えてもよくある話だ。どこの家庭でも、大なり小なり頭を悩ませているだろう。むしろ発達上まったくない方が、大人になってから心配と言える。だが、姉が弟を誘惑し、肉体関係を持ったとなれば話は別だろう。

「ニイちゃんも呆れとるやろ」冷酒を注ぎながら、四季蔵が鼻を鳴らす。「今こうやって口にしよるわしでも、いまだに信じれんけんのう」

徳利は空になり、四季蔵は中村に追加を要求した。話の内容ゆえか、先刻のように反対することはなかった。

妊娠が分かり、四季蔵は激怒した。秋恵を勘当し、家から叩き出した。

「冬汰の顔も見たなかったけんな、表向きは趣味の音楽活動させるゆうことにして、上京させた。花の東京へ島流しゆうんもおかしな話やが」

「亡くなられた息子さんたちは、このことをご存じで？」

「春雄や夏彦には話しとらん。家の中で知っとるんはわしと女房、あとはあの中村だけよ。まあ、息子らも薄々感づいてはおったようやけどな」

それならば春雄が感情を押し殺してまで、白を切った理由もうなずける。

中村が、新たな冷酒を手に戻ってきた。神妙な面持ちだ。

「娘さんのご主人、菅原有さんもこのことは？」

「知っとる」四季蔵は、中村が置いた徳利を手にした。「あの菅原ゆうんは、わしが伝手を使て用意した男やけんな」

冨里家がメインバンクとする愛媛銀行に、秋恵こと菅原美久の夫——菅原有は勤めていた。四季蔵は、銀行頭取はじめ重役たちとも深い親交があった。娘が妊娠したが、相手の男は結婚を許せるような人物ではない。誰か事情を汲んだうえで、婚姻関係を承諾してくれる男はいないか。当然、内密で。

「ほんで、頭取から紹介されたんが、菅原やった」

銀行内において人事等で厚遇されるよう手を回し、菅原自身には経済的な支援もしてきた。緘口令の効果を高めるため、菅原だけには事実を話した。秘密を分かち合う共犯者とするために。

「そやけど、そんな結婚やけんな。最初は良うても、精神的に堪《こと》てきたんやろ。耐えられんようになって、銀行を辞めてしもた。で、故郷の香川県に出奔して、その後の消息はわしも知らん」

「菅原有氏が誰かに秘密を漏らすとは、考えんかったんですか」

「そんな度胸があったら、逃げ出したりなんかしとらんわい。相当な金を渡してやっとったけんな。それを袖にしたくらいやけん、よっぽど限界やったんやろ」

「話は変わりますが、〝本陣村の火炙り庄屋〟て伝説はご存知ですか。濱岸いろはゆう女性に心当たりは。その女は冨里一族が自分の祖先を殺し、庄屋の地位を奪ったゆうて言いよるらしいんですが。愛大の先生にまで、その旨の手紙を送っとります」

「知っとる」お猪口を口にした。ピッチが速くなっている。「伝説も、その濱岸ゆう女もな。そいつは、この家にまで押しかけて来たことがあるけん」

「で、どうされたんです？」

「どもこもあるかい。この中村使《つこ》て追い返してやったげ。あんなもん、根も葉もない妄想やろ。わざわざ聴いてやるほど、わしも暇なやいけんな」

「僕の知り合いで、地元有力者の情報集めよる悪趣味な変態がおるんですが」

藤嶌大地の話をするなら、多少ぼかしておいた方がいいだろう。

「そいつでも娘さんの消息などはもちろん、写真一枚さえ入手できんかったそうです。それは、先生が手を回されたんですか」

「そんなもん、いちいち指示して回らんといかんようになったら、わしも終《しま》いやげ」

つまり、状況を察した周囲の人間が勝手にやったということだ。そんな馬鹿なとも思うが、保守的な地方都市では充分あり得る。いや、地方には限らない。空気を読み、権力者や富裕層に都合のいい社会を作る。日本の中枢でも、日々普通に行われている。

「三男の冬汰さんは、その火炙り庄屋に関心があったようなんですが、お心当たりは」

「ないのう。息子や娘たちには、そんな話したことないわい。する必要もないやろげ。その濱岸ゆう婆ァが来たことも知らんと思うぞ。もう二十年近く前のことやけんな」

二十年前。濱岸いろはが、愛媛県庁を定年退職した数年後だろうか。

「長女の秋恵さんもですが、今は冬汰さんまで姿を消しとります。姉弟そろってです。何か思い当たることはないですか」

「いいや」首を横に振った。「勝手に盛り上がり倒して、駆け落ちでもしたんやないんか。どうでもええわい。知ったことやない」

自嘲気味に唇を曲げ、冷酒を注ぐ。

「長男と次男が殺《ばら》され」冷酒は一息に飲み干された。「三男は、長女とおかしなって消えてしもとる。何かの呪いか祟りみたいやげ。一族が、わしの代で絶えてもしょうがないわい。そんなんで怖《おじ》けるほど、わしはケツの穴が小さないけんな」

「姿を消しとるといえば、ご長男の奥様も連絡が取れないようですが」

「らしいの。警察が言よったわい。わしも伝手《つて》は使て捜しよるんやが。心配しよるところよ。あれもしょうもない女子《おなご》やけど、罪のない人間《にんげ》ではあるけんな」

四季蔵は、本気で長男の妻を心配しているように見えた。息子を殺害した犯人とは考えていないのだろうか。朔太郎は、口や顔には出さないことにした。この時点で、これ以上話をややこしくしても仕方がない。

長男と次男の殺害方法について、警察から知らされているか訊いてみた。概要程度なら聞き及んでいるそうだ。次男の死体には白い線が引かれ。長男は死体を縦に割られていた。その程度だったが。

「これは僕の私見で、あんまり周りの賛成も得られとらんのですが」

前置きしてから言う。長男と次男は、正岡子規による俳句を用いた見立て殺人の可能性がある。〝草茂みベースボールの道白し〟／〝若鮎の二手になりて上りけり〟――四季蔵からは、特に反論もなかった。黙って聴き、わずかに微笑んだ。

「ほら、面白《おもろ》いのう」短く鼻を鳴らす。「自分の息子が殺されとんのに面白いやなんて、他人《ひと》に聞かれたら風《ふう》が悪いけどの」

〝風が悪い〟は世間体が悪いといった意味だ。中四国地方はじめ広く使われている表現だった。

「それを言《ゆ》うんやったら、わしの子どもは皆、風が悪いわい。ロクな奴《やと》がおらせん。それはさておき、子規は好きやぞ。名前が〝しき〟繋がりやけんな。まあ、〝まっちゃま〟の人間《にんげ》でちぃと古いんは皆そうやろけどな」

〝まっちゃま〟は松山を指す古い伊予弁だ。

「この二つの句は、どちらも余戸とかこの辺を詠んだものです。いわゆる地元の句なんですよ。先ほど話に出た伝説の本陣村も、あるんやったら余戸やと公民館主事が言《ゆ》うてます。伝説に出てくる庄屋は、冨里家のルーツである可能性も高いゆうて、先ほどの愛大教授もおっしゃっとんです。それについては、どう思われますか」

「そんな話は、死んだ親父や爺さんからも聴いたことがないで」お猪口を置いて腕を組んだ。「ほやけんど、薄気味の悪い話やのう。いつの時代でも人殺しなんか許せることやないし。息子を二人も殺されたけん言《ゆ》うわけやないんやが」

中村が心配そうに四季蔵を見ているが、ボス本人は平然として見えた。

「冬汰さんの借りられとるアパートが、森松にあります」

朔太郎もノンアルコールビールで喉を潤した。

「そちらの中へ入りたいんですが。住所は把握しとります。口添えをお願いできんでしょうか。親御さんの頼みやったら、大家や管理会社も文句言わんと思うんですが」

「三男の居所は捜したことさえなかったのう」不自由そうに、首を回す。「住所教えてくれたら、入れるように手配しちゃらい」

朔太郎は、森松の住所を告げた。目配せされた中村が座敷から立ち去った。

沈黙が下りた。扇風機の稼働音だけが、鼓膜を震わせている。新しい冷酒を注ぐ気配はない。ガラスの徳利には、まだ小富士が少しだけ残っている。世間話をする雰囲気でもなかった。

「暑い中ニイちゃんにも、息子や娘の件で手間かけてすまんのう」

「いえ、仕事ですけん」

「わしも他人《ひと》のことは言えんが、芳賀の婆ァも因果な商売しよらいのう。巻きこまれる若い衆《しゅ》はええ迷惑よ」

中村は数分で戻ってきた。管理を担当している不動産会社経由で、大家と話がついたという。冨里の威光を使ったとしても、かなりの早業だった。

「では、早速向かいます」

礼を言い、朔太郎は腰を上げかけた。座ったまま、四季蔵が不自由な右手で制止した。

「ニイちゃんは頼まれて秋恵を捜しよるだけで、春雄や夏彦を殺《ばら》した奴《やと》追いよるんやないんよのう」

違うと答えた。そんな権限や能力は持っていない。

「ほうか」四季蔵は、ゆっくりと右手を下ろした。これもゆっくりと、口元が歪む。邪悪な笑みに見えた。「残念やがしょうがない。自分でやろわい。どこの腐れ外道か知らんが冨里四季蔵を舐《な》めたん、墓の下で後悔せんかったらええんやけどのう」

一二：五九

「お忙しいとこ、すみません」

スズキ・キャリイを降り、朔太郎は軽く頭を下げた。二十代後半、同年代の男が頭を下げ返してくる。

森松町――冨里冬汰のアパート前にいた。一三時の待ち合わせだった。名刺を交換し、不動産会社の社員であることを確認する。

暑さ、蟬の声、汗。何もかもが最高潮を目指して、急上昇している。陽光が眩しすぎで、空の青が霞んで見えた。

揃って、アパートの三階へ向かった。この間、三〇一号室の吉本氏から依頼しておいた連絡はなかった。冨里冬汰は帰宅していない可能性が高い。

三〇二号室の前へ着いた。念のため、不動産会社社員がインターフォンを押す。反応はない。合鍵――ディンプルキーを使って、開錠する。ドアが開かれた。

「どうぞ」

不動産会社社員は言った。ついては来ない。室内には朔太郎一人で入る――秘書の中村に併せて頼んでおいた。管理会社及び大家の了解は得ている。

朔太郎は、作業服の裾をズボンから出していた。背中に拳銃――ミロク・リバティチーフ三八口径を差している。何が起こるか分からない。失敗続きでもあった。三度目の正直か、二度あることは三度あるか。できる警戒はすべきだった。

不動産会社社員を待たせ、ドアを閉めた。拳銃を見られるわけにはいかない。背中から三十八口径を抜き、両手で構えた。

一人用の二Kらしい。入ってすぐがキッチンで、リビングへと続いている。靴を脱ぎ、三和土へ上がった。

同時に、妙な物音が奥から聞こえた。

室外にいるときは聞こえなかった。見た目以上に、防音のしっかりした建物らしい。何かが蠢《うごめ》いているような気配もする。叩きつける音さえ響いてくる。拳銃を構えたまま、奥へ歩を進めた。リビングではない。隣だ。

室内が涼しいことに気づいた。空調がかけっぱなしになっている。

朔太郎は右を向いた。木製の引き戸があった。物音は、その奥からだ。戸は左右とも、蒲鉾《かまぼこ》板のような木片で柱と釘づけにされている。内側から開けられないようにするための細工らしい。

周囲を見回す。木片に釘を打ちつけた物だろう。床に金槌《かなづち》が落ちていた。片方が槌《つち》で、もう一方は釘抜きになっている。拾い上げ、右側の引き戸に取りつく。木片を上から槌で叩いた。戸との間に隙間ができる。釘抜きを差しこみ、てこの原理で引き剝がしにかかった。

奇怪な音を立てて、木片は戸から外れ落ちた。朔太郎は戸を引き開けた。

寝室らしい。まず、ベッドが目に飛びこんできた。そして、そこに横たわる一人の女。殺された冨里春雄の妻——奈緒だった。

昨日と同じような白いノースリーブのワンピースを着ている。口は幅広の粘着テープで塞がれ、手と脚も縛られているらしい。裾が乱れるのも構わず、身をよじらせ続けていた。

闖入者《ちんにゅう》に気づき、奈緒は動きを止めた。目を見開き、塞がれた口で何かを喚《わめ》き始めている。朔太郎はミロクを背中に戻した。拳銃を見られただろうか。その余裕が、縛られた彼女にあるとは思えなかった。

奈緒に近づき、朔太郎は口のテープを剝がした。

「手と足も外してや、早《はよ》う！」

追いつめられているようだ。昨日の〝田舎者が憧れる都会言語〟とは違い、伊予弁丸出しだった。何時間、ここに監禁されていたのか。

奈緒が、うつ伏せになり背中をむけてくる。後ろ手に拘束しているのは、革の手錠だった。ＳＭプレイで使用するタイプに見えるが、通販サイトで簡単に買えるのだろうか。両手を繋ぐ鎖が、少し長く感じられた。

手錠は鍵ではなく、小型のベルトで固定されている。簡単に外せそうだが、奈緒が暴れるため苦労した。手錠を外し、足枷《あしかせ》に移った。手錠と似たような代物だ。

「動かんといて！」

朔太郎の一喝で、少し動きが収まった。足枷は手錠よりは短時間で外せた。

躰を起こした奈緒は、床に足をついた。いきなり立ち上がろうとして、よろけた。朔太郎の支えが一瞬遅ければ、倒れこんでいただろう。

「落ち着いて」奈緒を無理やり座らせる。「立ったらいけん」

「早《はよ》ここから出して、早《はよ》う……」

譫言《うわごと》のように呟き、無理やり立とうとする。神経質な細い目が、忙しなく左右に動く。錯乱状態寸前だった。平手打ちによる鎮静化も考えたが、コンプライアンス重視の世の中だ。思案の末、朔太郎は渾身《こんしん》の変顔をした。

思わぬ効果があった。囚《とら》われの人妻は目を丸くし、息を呑んだ。笑い出しはしなかったので、ウケたというより驚かせただけのようだ。何にせよ、発作のような動作は止んだ。県議の使い走りより、変顔動画の配信でもした方が儲かるかも知れなかった。

「ここに奥さんを監禁したんは、冨里冬汰ですかね」

少し強めの口調で訊いた。奈緒は、小さく何度もうなずいた。怪我や体調不良の問いには、首を横に振った。

「今から警察を呼びますけん。ここで大人しく待っとってください。警察の到着前にここから出てしまうと、現場の保全ができんなります。ええですね。もし、体調がおかしくなったら、すぐ声をかけてくださるようお願いします」

奈緒がうなずいたのを確認し、朔太郎は腰を上げた。バックパックからスマートフォンを取り出し、秋吉菜々子へかけた。

「何、サク？」秋吉の呑気な声がする。

「冨里奈緒を見つけたで」

声を潜めて、朔太郎は告げた。冨里奈緒に会話内容を聞かれたくない。そのまま玄関近くまで歩いた。

「どうゆうこと?」

驚く秋吉に、簡単に状況を説明した。菅原美久は冨里秋恵だった。菅原和の父親は、弟の冬汰。冨里四季蔵と会い、冬汰のアパートを開けさせた。そこに、冨里奈緒が監禁されていた。

「秋吉さんだけ先に来てくれんやろか、一人で」朔太郎は言った。「で、冨里奈緒の無事を確認してから警官隊と救急車を呼んでほしいんよ」

行方不明だった被害者の妻を単独で発見する――秋吉にも悪い話ではない。棚ボタの手柄をどう扱うかは任せることにした。朔太郎の功績にして、県警から表彰されるなど願い下げだ。新聞に顔や名前でも出されたら、商売上がったりになる。

「ええけど、あんたはどうするん?」

冨里奈緒から話を聴き、室内を探索する。その結果、次のフェーズへ移行する。秋吉が到着次第、交代して出かける予定だ。社用車待機中の不動産会社員は、扱いを秋吉に任せる。その旨を説明して聞かせた。

冬汰の住所を告げると、すぐに行くと回答され通話を終えた。朔太郎は寝室に戻った。

「落ち着かれましたか」

朔太郎の問いに、奈緒は小さくうなずいた。先ほどと同じポーズで、ベッドに腰かけている。

「少しお話、ええですか」ベッドの隣に腰を下ろした。「冨里冬汰は、いつ奥さんをここへ」

「昨日の夜……です」奈緒は答えた。「友人と会っていたので遅くなって……。二二時は回っていたかと。自宅に帰ったところ、門の前で冬汰さんに刃物を突きつけられて――」

落ち着いたというのは間違いないようだ。口にする言葉が、〝田舎者が憧れる都会言語〟に戻っている。口調は多少たどたどしいが、理路整然とはしていた。

冬汰にナイフを突きつけられた奈緒は、恐怖から言いなりとなった。車に乗せられ、ここに拉致《らち》監禁された。使用された車両は、レンタカーのような雰囲気だった。

奈緒が冬汰によって拉致されたならば、タイミングから考えて夫殺害犯の可能性は低くなる。冬汰と奈緒がグルで、拉致監禁も自作自演ならば話は別だが。

「昨日、僕を通して芳賀に話したかったゆうんは」

ふと考えた。奈緒は夫が殺害されたことを知っているのだろうか。

「秋恵と冬汰の関係についてやないんですか」

細い目を瞠ったが、奈緒はすぐに視線を手元へ落とした。消え入りそうな声で認めた。

「……たまたまだったんです」ぼそぼそと呟く。「お義父さんが、秘書の中村さんとお話ししているのを立ち聞きしてしまって……」

「冬汰が奥さんを脅して監禁したのは、秘密を知られたと察知したからですかね」

視線が合った。眼球を小刻みに動かし、奈緒は顔を背けた。

「……分かりません」

「ご主人が亡くなられたんは、ご存知ですか」

「まさか――」

驚きの表情を見せた。続いて、怒りとも恐怖ともつかぬ顔になった。彼女の犯行ではない。朔太郎は素人《しろうと》考えながら思った。

「殺され……たんですか」声を絞り出す。「夏彦さんと同じように」

奈緒は夏彦の死体を見ているはずだった。うなずき、一言だけ添えた。

「残念ですが」

脱力したように、奈緒は視線を宙にさまよわせた。その間に、朔太郎は寝室内を見回した。

カーテンは閉じられているが、明るい部屋だった。物は少ない。寝るためだけの部屋に見えた。空調が効き、ベッドわきには2リットルペットボトル入りのミネラルウォーターがある。何本か組み合わせたのだろうか、底までの長いストローが挿さっている。口に貼られていた粘着テープには、小さな穴が開いていた。水は飲めた形だ。熱中症対策は取られていたことになる。殺す気はなかったということだろうか。

寝室の隅には、ポリバケツが置かれていた。トイレ代わりだったようだ。微かにアンモニア臭がする。朔太郎は、手錠や足枷の鎖が長かったことを思い出した。通販サイトで購入したあと、細工したのだろう。バケツへ移動し、ワンピースの裾を捲《まく》り、下着を下ろすくらいは可能だったはずだ。ただし、部屋からは出られない。万事、手慣れているように感じられた。それとも、入念に準備したのだろうか。

昨夜、頼んでおいた隣人吉本からの連絡はなかった。帰宅を気づかれなかったということだ。兄嫁の拉致も。冬汰は、細心の注意を払って行動している。

状況から判断して、殺す気はなかったと考えられる。なら、なぜ手間暇をかけて兄嫁を拉致監禁する必要があったのか。その目的は。不明な点が多すぎた。

「警察の到着まで、お待ちください」

言い置いて、朔太郎は腰を上げた。リビングへと移動する。

こちらも、物の少ない部屋だった。ガラステーブルとクッション、TVその他一とおりのAV機器。音楽活動をしていたはずだが、ギター一本見当たらなかった。部屋の隅には、簡素な机とOA用の椅子があった。

机の上には、ノートパソコンが置かれていた。開いて起動しようとしたが、ロックされている。フラッシュメモリなど、外部の記録媒体は見当たらなかった。打ち出したペーパーなども同様だ。冨里冬汰が〝本陣村の火炙り庄屋〟伝説について調べていたとしても、すべては本体内のハードディスクに収められ見ることなど叶わない。

簞笥代わりか、クローゼットも開けてみた。服は極めて少なかった。かかっている黄色いTシャツではナマケモノが欠伸をしている。ロゴは〝やる気って美味しいんスか〟——四季蔵のダサTを思い出した。

本棚はない。何冊かの雑誌が床に積まれているだけだった。新聞も取っていないようだ。ガラステーブルの上に、チラシ類が置かれていた。何枚かを手に取ってみた。ピザや寿司などの宅配を依頼していたようだ。

チラシの下から、くたびれたビニール袋が見えた。プラスチックのチャックがついている。中に入った紙には、自動車損害賠償責任保険証明書と書かれていた。いわゆる自賠責だ。自動車の種類は原付、契約者名はトミサトフユタ、住所はここだった。保険期間が切れている。更新した物を原付に搭載し、古い物を部屋へ持ちこんだらしい。ナンバーも記載されている。朔太郎はスマートフォンを手にした。

「よう。なかなか場が温まってきてるじゃねえか、サク」

藤嶌大地が出た。朝からの展開を見透かされた気がした。

「戯言《よもだ》言よらい」朔太郎は鼻を鳴らした。「ダイさん。それより頼みがあるんやけど」

「待て。その前に、今の状況が知りたい」

今後の展開が金を生み出すか、検討したいのだろう。朔太郎は話した。菅原美久の正体、冬汰との関係、冨里奈緒の発見まで。

「ひゅー」藤嶌は口笛を吹いた。「女助け出すとはよお。かっこいいじゃねえか、サク。〝汚れた街を行く孤高の騎士〟ってところだべ」

「フィリップ・マーロウちゃう。働き者のリュウ・アーチャーやけん。顔では、どっちにも負けとるやろけど」

「またまた、ご謙遜を。顔で人間を判断しないってのは、令和日本の数少ない美徳だぜ。NHKの朝ドラや大河ドラマだって、配役を顔では選んでねえだろ。人間は実力で判断すべしってのは、作家の村上龍《むらかみりゅう》なんか昔から言ってたけどな」

朔太郎は依頼に話を戻した。自賠責の証書から、冨里冬汰の原付ナンバーが判明した。配下の半グレを使って、捜索及び追跡をさせてほしい。身柄は拘束せず、まずは連絡。そのうえで、追跡の継続をお願いしたい。おって対応を検討する。

「冬汰は、兄嫁の拉致にレンタカー使《つこ》とるらしいけん。ダイさん、関連する会社も当たってみてくれる？」

「暑い中、こき使ってくれるぜ」藤嶌が鼻で嗤う。「OK。その代わり美味しいところには、おれも嚙ませろよ。頼んだぜ、サク」

一三：三六

朔太郎は、森松町のアパートから市坪へと向かっていた。愛媛大学教授——田中に見せられた濱岸いろはの封書、裏面の差出人欄に書かれていた住所だ。

国道など幹線道路に一瞬出ては、住宅街の入り組んだ路地を縫っていく。スマートフォンのナビゲーションアプリ任せの運転だった。

冨里冬汰のアパートへ到着した秋吉菜々子と、交代する形での出発となった。冨里奈緒の身柄は任せた。外傷や体調不良はなかったが、医者に診せた方がいいだろう。

車で待機していた不動産会社員には、警察に協力するよう告げておいた。目を丸くしていたが、彼までケアする時間はなかった。

濱岸の住居に着いた。四階建ての集合住宅だった。かなり古びた物件だ。マンションやアパートというより団地という呼称が似合う。県か市の公営住宅かも知れないが、一棟だけが独立して立っている。

途中、コンビニエンスストアで休憩した。芳賀珠美からの着信があったからだ。県庁職員の船井留夫が、濱岸の戸籍謄本を入手したという。

濱岸いろはは独身で、結婚歴なし。身内はすべて死亡、本人も一カ月前に亡くなっていた。享年八十二歳。晩年は天涯孤独の身だったようだ。元は愛媛県庁に勤めていたが、二十年以上前に定年退職している。

「ウチが知っとる県庁職員に、濱岸の評判訊いてみたんやけどな」

芳賀は言った。朔太郎が依頼しておいたことだ。

「かなり孤独な暮らしをしとったらしいわい」

愛媛県庁の女性職員は、驚くほど未婚率が高いそうだ。芳賀の話では、二人に一人は独身だという。個人の感想らしいが。この町では見合った相手を見つけるのが困難らしい。県庁内で結婚相手と出会わなければ、かなりの確率で生涯結婚できない。プライドが高いのか、財力があるため伴侶不要なのか。本人の意識とは関係ないと、芳賀は続ける。

「この間、東京に住んどる姪と会《お》うたんやけどな。二十代でまだ学生なんやけど。最近の都会で働く女性は、意識が変わってきよんやって。二十代は仕事を覚える期間。三十代で結婚、出産、乳幼児期の育児。四十代で子どもは就学、自分もキャリア形成に戻る。それがデフォルトになりよるらしい。昔は——この辺は今もやけど、二十代の内に就職、結婚、出産、育児を全部せえ。できんかったら一生独身。そんな無理ゲーないわい」

そうした一種の〝若い女性信仰〟は、不倫を生む温床にもなり得るという。あくまで皮膚感覚だが、少子高齢化の深刻度は地方ほど深いのではないか。芳賀の持論だ。

「結婚しよ思うても、三十歳すぎたら相手がおらん。都会より、選択肢の絶対数も少ないしな。結婚からはオミットされても、まだまだ若い。昔は、不倫に走る女性職員も多かったらしいで。大概は、既婚の男と独身女よ。部長や三役、中には知事の愛人にまでなった猛者《もさ》もおるゆう噂やけん。そうなったら、結婚なんか覚束なくなってしもても仕方ない。本人の責任やないわい」

「前置きが長いな。それで、濱岸については誰から訊いたん？」

「元は、県の部長やった奴《やと》から聞いたんよ。これが、県庁の女はどこに誰がおって何しよるか全部把握しとるゆうエロ爺ィでな。ほやけん、間違いはないわい」

愛媛県庁は愉快な人材の宝庫らしい。県庁の部長なら、通常の出世では最高位まで達している。副知事などの特別職は、知事の独自判断によるためルートが違う。

「濱岸いろはも、そうして不倫に走っとったと？」

「いや。そういう噂は、彼《そいつ》も聞いたことないらしいんやけどな。物静かで、大人しいと評判やったて。ただ、情報通ではあったゆうて言よったわい」

「さっきのスケベ部長みたいな感じで？」

「男の話だけやないわい。県庁内の人間関係、それこそ不倫とかな。あとは人事や、政治絡みの話。どの県議と知事が対立しとるとか。県政や、地域のことで知らんことはないんやないかなんて言われとったらしい」

愛媛大学教授の田中に送った手紙といい、納得できる話ではあった。

「あの、おっとりした口調で話されたら、言《ゆ》うたらいかんことまで喋ってしまうんやなかろかなんて、その部長は言いよった。まあ、それも含めて怪しいけどな」

「何ぜ、ほれ」

「他人の情報《ネタ》集める奴は、自分も秘密を抱えとるもんよ。女子《おなご》なんか、裏で何しよるか分からへんのやけん。よっぽど秘密にしとかんといかん、何かがあったんかも知れん。ええけん、ちょいと突《つつ》いとおみ。何か出てくるかも分からんけん」

濱岸いろはのアパートは建屋に比例して、駐車場も広かった。車通勤の住人が多いのか、大半が出払っている。外来者用のスペースはないが、邪魔にならない位置へスズキ・キャリイを進めた。路面のアスファルトは荒れ、タイヤが礫《つぶて》を弾《はじ》き飛ばす。白線も朽ち、判読不能寸前だった。

軽トラックを降りた途端、蟬の声に耳を、太陽に頭を殴られた。陽炎が揺らめく向こう、小さな花壇は古びていてポーチュラカだけが鮮やかだ。微風は熱気を攪拌《かくはん》するだけで、吹き飛ばすには弱々しすぎた。

封筒に書かれていた部屋番号は四〇八号、階段は四つ。部屋番号は奥から若いと考え、一番手前の階段へ向かった。

エレベーターはない。階段の影は濃く、静まり返っている。人の気配が感じられず、廃屋を上っているような気分になった。こもった暑熱で、一歩ごとに汗が滲《にじ》む。四〇八号室は当然だが、別名義に替わっていた。すでに逝去している前住人のことなど、どれだけ知っているだろうか。インターフォンを押したものの、反応はなかった。

各部屋は横一列ではなく、階段ごとに二部屋が向かい合う構造だ。四〇八号室の向かいは、九を飛ばして四一〇号だった。表札には〝遠井《とおい》〟とあった。

出てきたのは、八十代ぐらいの高齢女性だった。好都合だ。濱岸いろはと交流があったかも知れない。

実際、かなり親しくしていたようだ。感じのいい女性。長らく一人暮らし。近所の評判も良かった。悪く言う人間は見たことがない。昔は県庁に勤めていた。特に、経済的に困っていたという話も聞いたことはなかった。

「お一人で暮らしとったゆうことですけど」朔太郎は訊いた。「よく訪ねて来られる方とかは、おいでんかったですか」

「うーん」遠井は少し考えた。「知らんねえ。〝親類もおらんけん、天涯孤独なんよ〟なんてゆう話はよおされよったけど」

亡くなるまで、ここで暮らしていたのか問うた。

「いや。四月やけん、引っ越されてから半年にもならんねえ。一人暮らしがしんどいゆうて施設に移ったんよ」

逝去したことは、地方紙の〝おくやみ欄〟で知ったという。

「どこの施設か、ご存じないですか」

「待って。引っ越されるときに連絡しょうわいゆうて、訊いたんよ。結局できんままになったけど」

奥へ引っこみ、一分足らずで帰ってきた。手には小さなメモがある。失礼しますと受け取った。許可を得て、スマートフォンで撮影する。

そこには松山市平田《ひらた》町の住所と、特別養護老人ホーム――〝松山やすらぎ館〟の名があった。

一階へ下りた。住民の気配は、ほとんど感じない。このまま白昼の聞きこみを続けるより、名の挙がった特別養護老人ホームへ向かった方が良いように思えた。

芳賀珠美に連絡を取ると、同意見だった。

「ほやね。その施設やったら経営者と親しいけん」

中央、地方ともに政官財界は支え合って生きている。それを癒着と呼ぶならば、そうなのだろう。

「ボンが行くゆうて伝えとこわい。その婆さんの担当とも話せるようにしとかい。もう直接、その特養へ行くんやろ」

特別養護老人ホームは、一般的に〝特養〟と略される。そうだと朔太郎は告げた。

通話を終え、陽光の下へ出た。日光で朽ち果てるのは、ダニと吸血鬼だけではない。人間も含まれるようだ。灰と化す前に、朔太郎は軽トラックへ乗りこんだ。

一五：四一

特別養護老人ホーム――〝松山やすらぎ館〟は松山市平田町、国道一九六号線を北条《ほうじょう》方面へ北上した先にあった。
海と山を貫く国道は、左右を大規模店舗に挟まれている。山側へ右折した。蜜柑《みかん》山の下を縫って、緩やかな傾斜を上がった。少し進むと、開けた土地に出た。広さは小学校校庭の半分程度、コンクリート塀と金網が敷地を取り囲む形だった。

正門が見えた。スライド式の大型門扉は開かれている。朔太郎はスズキ・キャリイを敷地内へ乗り入れさせた。

鉄筋コンクリート造の平屋が細く続き、形容しがたい模様を描いている。その一辺に沿う形で駐車場が設けられていた。施設用と思われる白い軽自動車以外に、車の影はない。一番手前に、スズキ・キャリイを入れた。

細い建屋では、白い塗装が陽光を反射して眩しい。建物に寄り添う形で花壇が伸び、向日葵の群れが太陽目がけて咲き乱れている。

軽トラックを降りた朔太郎は、エントランスへ向かった。三方にスロープが伸びた玄関から、自動ドアを潜る。右側の受付で、名刺とともに名乗った。

受付の奥は職員控室となっていて、話しかけた若い女性に招き入れられた。芳賀珠美が請け負ったとおり、話は通っていたようだ。パーテーションに仕切られた応接セットで待つよう言われた。麦茶も出た。こんな仕事をしている身としては、歓待されている方だろう。少なくとも、警戒心は感じられない。ありがたい話だった。

「お待たせしました」

パーテーションの陰から、五十代半ばの女性が顔を出した。中背で体格がよく、細い金属縁の眼鏡をかけている。薄いピンクのエプロンには、胸に施設名が刺繍《ししゅう》されていた。その下は同系色の半袖シャツに、白衣のようなズボン。

立ち上がって、名刺を交換した。〝松山やすらぎ館〟のケアマネージャーで、名前は前田《まえだ》といった。互いに腰を下ろし、向こうから口を開いた。

「濱岸さんが、入所されとったときのことをお調べとか」

前田は、濱岸いろはを担当していたという。彼女の晩年はどうだったのか。濱岸の友人という支援者が、芳賀に依頼してきた。そういう話で通したらしい。個人情報に厳しい時代だ。口を軽くする免罪符としては上出来だろう。

芳賀が威光をちらつかせれば、特養の経営者は協力したとは思われた。ただ、初めから力ずくは上手くない。経営者自身もそうだが、実際話す職員からも不審に思われてしまう。通用するなら、大義名分は欲しいところだ。

「そうなんですよ。県議もフットワークが軽ないといかんようで。選挙までには、まだ間があるんですけどねえ。一票でも惜しいらしくて」

朔太郎は微笑んだ。前田も微笑み返す。人当たりが柔らかいように感じた。人間しかも高齢者相手では、そうならざるを得ないのかも知れない。

「濱岸さんは、こちらではどんなご様子やったんですか」

回答の内容は、先刻の聞きこみと大差なかった。向かいの部屋に住んでいた遠井が言ったとおり――感じのいい女性。

入所当初は、ホーム内でも人気が高かったという。ただし、二カ月前から認知症が急激に重症化してしまった。亡くなる直前には、他者とのコミュニケーション等も困難な状態だったそうだ。

「入所前から、自覚症状はおありになったらしいんですよ」前田が続ける。「で、ここの入所も、ご自分でお決めになったと。そやけど、急に症状がひどなってしもて。そこから、お亡くなりになるまでは早かったです」

朔太郎は頭の中で整理してみた。濱岸いろはは、今年の四月半ばに〝松山やすらぎ館〟へ入所。六月ころから認知症が悪化。七月に逝去となる。

「お写真はございますかね」

朔太郎の問いに、待つよう返された。前田はＡ４のペーパーを手に戻ってきた。テーブルに置かれた写真は、一枚のペーパー内に複数あった。画像データをそのままプリントアウトしたらしく、画質は荒い。

「この方です」

前田は、車いすに乗った高齢女性の写真を指さした。画像で見る限り、濱岸は皆の感想と同じく温厚な印象だった。白めの銀髪は短く、細い目は垂れ、鼻や口元も涼しげだ。微笑んだ表情からは、認知症の進行具合までは判らない。

「濱岸さんから〝本陣村〟とか〝火炙り庄屋〟なんて言葉、お聴きになったことないですかね」

前田の顔から笑みが消えた。

「どこで、それを――」

「一種の伝説ゆうか、民話みたいなもんなんですが。濱岸さんは生前、かなりご興味を持たれとったみたいなんで」

「……確かに、そうゆう言葉はよう口にしよりました」前田は、少し話しにくそうに始めた。「認知症の度合いが、かなり進んでからのことでしたんで。譫言のようなものやと思とったんですけど」

「何かありましたか」

「ちょっと、失礼します」

前田は席を立った。同僚と何事か話しているようだった。数分後に戻ってくると、受付にいた若い女性職員を連れていた。彼女は、比較的新しい角2サイズの茶封筒を手にしている。

「濱岸さんには身寄りがありませんでしたので」

腰を下ろしながら、前田が口を開く。若い女性職員もあとに続いた。

「遺品等は、当施設で一時的に保管しとります。いずれ折を見て、市や業者と相談するつもりでした。入所前に、いわゆる〝終活〟をされとったんでしょうね。お荷物は非常に少なかったです。で、遺品の整理をしよりましたら、この封筒が出て参りまして」

女性職員が角2封筒を差し出した。毛筆でケアマネージャーの前田宛てとある。

「当施設の職員宛てに、お礼のお手紙等を遺される入居者の方はよういらっしゃいます。お金が入っとると面倒なんですが。濱岸さんは県の方やったけん、迷惑なんをご存じやったんでしょうね。お手紙だけでした。それはええんですが――」

前田の目配せで、女性職員が封筒から中身を引き出した。Ａ４サイズのクリアファイルだった。中の紙には何かが印字され、膨らみから複数枚あることが判る。

「内容が内容ですんで、どうしたもんかと悩んどったところなんです」

「拝見してもええですか」

朔太郎の言葉に、前田はうなずいた。クリアファイルを手にして、中のペーパーを抜いた。

Ａ４のペーパーには横書きで、細かいフォントの文字がびっしりと並んでいる。プリントアウト自体は最近の物だ。遺書だろうか。入所前に入力したなら、日記というよりは自叙伝や回顧録みたいなものかも知れない。朔太郎は読み始めた。

冒頭は、愛媛大学教授——田中に送られた手紙と同じ内容だった。先祖代々、伝承されてきた話だと告げている。

〝本陣村の火炙り庄屋〟伝説は、時の権力者たちに捏造されたもの。濱岸一族は、本陣村の庄屋だった。村は激しい飢饉に見舞われ、藩主との対立が激化。藩主は小作人一家と共謀、庄屋の濱岸家を惨殺、屋敷に放火した。伝説は事実を隠ぺいするため、でっち上げられたカムフラージュ。

そして、殺戮《さつりく》に協力した小作人一家の冨里一族が、新たな庄屋となった。

我々濱岸の子孫は、祖先の無念を晴らさなければならない。濱岸家が苦しい生活を強いられてきたのは、冨里の裏切りと殺戮が原因だ。

現在、冨里には三人の息子と一人娘がいる。まず、娘に自分がいかに汚れた血の継承者か教えこむことにした。

長女の秋恵なる娘には、出生の秘密があった。娘本人も、何か怪しいとは感じていたのだろう。秘密を教えてやる旨持ちかけると、あっさりとついて来た。

秋恵の母親は四季蔵にとって姪となる人物、姉の娘だった。秋恵にとっては従姉に当たる。あの色欲魔は、自身の身内にまで手を出していたわけだ。実際、かなりの美人ではあったらしい。

表向き、秋恵は四季蔵が多く持つ愛人の子とされている。この女性は今も健在だ。四季蔵は産婦人科医を抱きこみ、愛人に金を摑ませて出世届の偽造を図っていた。もちろん、戸籍にもその形跡は残されていない。

この話は愛媛の政財界――中でも上層のごくごく一部だが――では、よく知られた話だった。普通の生活をしていれば、まず耳にすることはないのだろうけれど。幸い、県庁時代から情報通で知られた自分にはコネがあった。

朔太郎は目を上げた。麦茶が出されていることにも気づかずにいた。結露したグラスを手に取り、一口飲んだ。軽く息を吐き、再度ペーパーに視線を落とした。

娘——秋恵の生活は荒れたそうだ。詳細は不明だが、結果として秋恵は冨里家から追放された。いい気味だ。

残るは、三人の息子だけだ。こいつらを殺害すれば、冨里家の家督を継ぐ男は途絶えることになる。

幸い、冨里家の長男春雄と次男夏彦は不仲と聞いている。まず長男に取り入り、次男の夏彦殺害を持ちかけろ。協力——たとえば次男宅の鍵を開けさせるなど——させればちょうど良い。

その後、長男の春雄を殺害する。冨里の子孫、しかも長男など馬鹿息子に決まっている。味方だと安心し切っているだろう。そこを誘《おび》き出せば簡単だ。三男の冬汰は、さらに馬鹿な放蕩息子と聞いている。そんな愚か者ならば、あとからじっくり殺せばいい。

この方法なら男が相手だろうとも、女でも簡単に実行できるはずだ。

凶器の選択にも注意しろ。手斧か鉈を使え。我が祖先は——返り血を防ぐためだろう——米俵を被せられ、斧や鉈で惨殺された。冨里の祖先によって。

我が一族を皆殺しにした後、奴らは先祖の屋敷に火をかけた。その恨みを晴らすためだ。同じ手口としろ。米袋を被せ、手斧か鉈を頭に叩きこめ。

そうすれば返り血を防ぐことができる。刃物は持てる限りの重さで、刃の大きい物にしろ。ならば、女の非力でも刃の自重で殺害に及べる。相手の動きを封じるには、薬物かスタンガンなる物を用いるのが有効と思われる。

火は放たないでおけ。死体を鮮明にしておくためだ。今から言う細工を連中の骸《むくろ》に施せ。一般に見立て殺人と呼ばれている方法を取れ。見立ての基は、本陣村があったとされる地域——余戸地区の句碑に刻まれた俳句がいいだろう。〝行く秋や手を引きあいし松二木〟／〝若鮎の二手になりて上りけり〟／〝草茂みベースボールの道白し〟

冨里四季蔵の子どもは春夏秋冬の名を待つ。季語を用いる俳句と相性がいいだろう。子どもにそのような名を与えたこと、死ぬほど後悔させてやれ。

そう難しい細工でなくとも良い。手の込んだ真似をすれば、目撃される恐れや遺留品の増加など、犯行発覚の危険性が増してしまう。

まずは〝草茂みベースボールの道白し〟——これは次男の夏彦に用いろ。夏の句なので、夏彦にぴったりだ。野球のボールでも傍に置いておけばいい。簡単だろう。できれば、死体に白い線を入れるとなお良い。

〝若鮎の二手になりて上りけり〟——これは長男の春雄だ。一番年嵩の標的を〝若鮎〟に見立てるのは、皮肉が効いていて素晴らしい。晩春の句なので、春雄と季節も合っている。犯行は当該句碑の傍、出合の河川敷がいいだろう。被害者を確実に殺害したあと、頭から縦に切断したかのごとく見せろ。死体の頭部を上流へ向けるべし。

自身の先祖が凶行を働いた土地。そこに由来する見立ては、冨里一族を恐怖のどん底に叩き落とすだろう。

なお、より俳句との親和性を高めるため、句と犯行時期は季節を合わせておくこと。

最後の一人――三男の冬汰には、やはり正岡子規の〝行く秋や手を引きあいし松二木〟を使え。被害者の両手を組み合わせ、縛っておくだけで良い。晩秋の句だが、すぐに冬となることを暗示した句なのでぎりぎりＯＫだ。

この手口を冨里の娘に語っておいた。娘――秋恵というのか、彼女は得心した。冨里家から追放された恨みがあるのだろう。

貧しい生活を送っているそうだ。話をするのに、お洒落なカフェへと誘った。最近、県内にも増えた全国チェーンの一店舗だった。初めて入ったと感激していた。多少ほかよりは割高だが、それでも本格喫茶ほどの値段ではない。どれほど困窮した生活を送っているのか。

そんな暮らしをしているのだから、遺産への執着もひとしおだったろう。元々が浅ましい冨里家の血を引く者。長男や次男と同じく貪欲で、手に入れられるならば諦めるということを知らないはずだ。それは女であっても例外ではない。

冨里一族の家訓を噂で聞いたことがある。女は家督を継げないらしい。民法には、そんな規定はとっくに存在しないが。何とも時代がかった愚かな一族だ。

それでも、遺産は手にできるのではないか。四季蔵の遺言内容にもよるが、息子が全滅すれば確率は高まるだろう。金額も上がると思われた。奴らの汚れた血を絶ち、金を手に入れろ。そう告げると、涎《よだれ》を垂らさんばかりに喜んでいた。口や表情に出さずとも分かる。

我が一族の恨みは、諸悪の根源である冨里の血によって晴らされる。冨里の者が、己の血を絶えさせることとなる。血の繋がった者同士による共喰《ともぐ》いだ。高齢の四季蔵は放っておいても、すぐにあとを追うだろう。一族郎党、地獄で皮肉な運命を呪うがいい。

朔太郎は読む手を止めた。俳句の見立て殺人。疑念は当たっていたことになる。しかも、三男の冬汰まで狙われている。ただし、次男の夏彦を除いては、犯行時期と季節が合致していない。それは、なぜなのか。

濱岸いろはは、すでに死亡している。ならば本当に冨里秋恵が、濱岸からの指示どおりに兄たちを殺害したのだろうか。

一六：五四

礼もそこそこに、朔太郎は特別養護老人ホーム――〝松山やすらぎ館〟を飛び出した。スズキ・キャリイに乗りこんだところで、バックパック内のスマートフォンが震えた。藤嶌大地からの着信だった。

「高尾が、冨里冬汰の原チャリ発見したぞ」

冬汰の原付ナンバーを連絡したあと、藤嶌は配下の半グレを総動員して捜索させていた。高尾は、まだ二十歳。情報収集能力に長けている。目ざとく、何でもすぐに発見する。相変わらずのフットワークだ。

「で、どうしたん？」朔太郎は訊いた。

「お前に言われたとおり、そっちの指示を待つように言って泳がせてる状態だ。ケツに高尾たちを張りつけて。今は三番町を移動中らしい」

「冨里冬汰は狙われとる可能性が高いけんな」

先刻読んだ濱岸いろはの手記について説明した。芳賀珠美から聞いた濱岸の情報も添えて。

「お袋さんの意見には、おれも賛成だな」藤嶌は言った。「今の日本じゃあ、都会でも配偶者見つけるのは難しい。ましてや人口が少ない地方は、より困難なはずだ。田舎は人が温かくて結婚もすぐできるなんて、誤解してる奴も多いようだけど。いずれアプリとかじゃなくて、顔が見える形のマッチング事業をこの町でもと模索してるんだけど、なかなか。それはともかく、困った婆さんだな。歳食って、独身こじらせた挙句の所業かよ。おっかねえなあ。じゃあ、冨里冬汰は標的ってわけか。犯人じゃなくて」

「長男の奥さん拉致したんは間違いないけん、何とも言えんけど」

「今聞いた限りじゃ、冨里秋恵こと菅原美久が濱岸に唆《そそのか》されて犯行に及んでるとしか思えねえけどな。冬汰も姉に狙われてるってことだろ。姉弟とはいえ娘まで設けた仲だってのによ、悲しい話だべ」

「分からんけど」朔太郎は言った。「とにかく、ダイさん。おれが向かうまで、追尾と監視を続けるように言《ゆ》うといてや。何かヤバいことが起こったら、すぐ保護して」

了解と言い、藤嶌は通話を終えた。返す手で、秋吉菜々子に連絡した。先刻と同じように状況を伝える。

「何か、ややこしい話になってきたねえ」

そのとおりだ。手短にと思っても、説明に時間がかかる。

「つまり、こういうこと――」

秋吉が自分なりにまとめてみた。

濱岸いろはは、冨里一族が先祖の仇《かたき》と考えた。その恨みを、長女の秋恵にぶつけた。秋恵自身の出生に関わる秘密――母親が従姉であることを餌《えさ》にして。悩んだ秋恵は生活が荒れ、三男の冬汰と関係し妊娠した。

それを知った父親の四季蔵は激怒。二人を勘当し、冬汰は東京へ、秋恵は愛媛銀行員の菅原有と結婚させた。秋恵は美久という偽名を使い、娘の和が生まれる。その後、菅原有は歪な結婚生活に耐えられず香川県へ出奔。現在は消息不明。

それでも、濱岸いろはの怨念は収まらなかった。冨里の血を絶やすため、息子三人の殺害を企てた。本陣村があったとされる余戸地区にゆかりの、俳句を使った見立て殺人。その方法を菅原美久と名乗るようになった秋恵へ伝授した。

菅原美久――冨里秋恵は濱岸いろはの計画どおりに遂行し、兄の春雄と夏彦を殺害。そして今は、弟の冬汰を狙っている。

「怖《おと》ろしい話やねえ」

秋吉が軽く息を吐く。朔太郎はフロントガラス越しに空を見た。黄色みがかった碧《あお》に、赤味がさし始めている。気温は下がる気配もなく、むしろ夜に向けて再燃しているようだ。少し雲が増えているようにも感じられる。

「警察の方でも、動いてくれたら助かるんやけど」朔太郎は言った。「あんまり大事にならんように、使う人間《にんげ》は選んでくれん？　今の段階ではまだ、県警にフル稼働してほしないんよ」

事ここに至っても、朔太郎はどこか釈然としないものを抱えていた。それがはっきりとするまで、県警の動きは抑えておきたい。秋吉なら自身の手柄とするため、派手な動きは控えるだろう。

「それは任しといて」秋吉は万事心得ている風に告げた。「で、あんたはこれからどうするん？」

「三番町へ行く」

一七：四九

軽トラックの助手席で、スマートフォンが震える。半グレたちのリーダー、岩田からの着信だった。

国道一九六号を南下していた朔太郎は、途中の広い路側帯へスズキ・キャリイを入れた。ながら運転など少しの手間を惜しんで、白バイに捕まるなど論外の局面だった。

「冨里冬汰はビジネスホテルに入ったぞ」

岩田は高尾たちと合流し、冨里冬汰を追っていた。岩田はホテル名を告げた。聞いたことがない施設名だった。最近の新設だろう。中心部の空き地は、コインパーキングからマンションかビジネスホテルに変わる。郊外ならコンビニエンスストアかカフェだ。地方都市はどこも似た変遷を辿り、発展か衰退かは分からない。

朔太郎はホテルの所在地を訊いた。大体の位置は分かった。やはり、以前はコインパーキングだった場所だ。

「これからどうしたらいい」岩田に訊かれた。「藤嶌さんからはケツに張りついて、死んでも離れるなとしか言われてないんだけど」

「パワハラやないん、それ」朔太郎は鼻で嗤った。「おれが行くまで見張っといてほしい。もしホテルから出たり、誰かと会《お》うたら連絡して。菅原美久つまり冨里秋恵が現れたら、冬汰ともども身柄《がら》を押さえてほしい」

分かったと言い、岩田は通話を終えた。藤嶌大地の配下なら、力ずくで身柄を拘束するなどお手の物だろう。

ウィンカーを出し、軽トラックを国道へ急発進させた。

本格的に雲が空を覆いつつある。まだ薄く、陽光の名残《なごり》も負けてはいない。空では、水彩絵具のパレットみたいに細かい色彩が混ざり合っている。

朔太郎は、スズキ・キャリイを三番町の通りへ左折させた。市内中心部を東へ貫く、一方通行の二車線道路だった。花園町を横断した辺りから、ネオンも点り始めた。陽の長さに当てられて、くすんだ光を浪費している。

三番町の西側は、オフィスと店舗が交互に連なっている。ビジネス街の千舟町と、歓楽街の二番町。その中間点らしい風景ではあった。

東へ進むほどに、繁華街の色合いが濃くなっていく。交互にあったオフィスが消え、飲食店——夜の店が増え始める。

岩田が指定したのはさらに東、アーケード商店街の大街道を越えた先だった。繁華街の一方通行二車線、荷物運搬用らしきさまざまな商業車が路上駐車している。気の早いタクシーの客待ちも見える。東京のような大都市と違い、一部のタクシー乗り場を除いてどこでも自由に拾うことができる。

車線変更を繰り返しながら進むうち、大街道のアーケードが見えてきた。信号を横断する人の数も多い。帰宅が始まる時間帯だった。合わせるように、繁華街へ繰り出す人間の数も増えていく。

青信号を待って、大街道を越えた。すぐに、目指すホテルが見えてきた。一階にコンビニエンスストアが入った飲食ビルと、お茶目なネオンが並ぶ風俗ビルに挟まれた物件だった。奥行きは不明だが、縦に長細い建物だ。看板はなく、外観は商業ビルでも通用する。飲食ビルとの間には、細い路地も確認できた。

ホテルの数メートル先に、白いトヨタ・アルファードが見えた。ミニバンのガラスはすべてスモークで、中は窺えない。うしろにスズキ・キャリイを駐め、エンジンをかけたまま降りた。ハザードランプも点けておく。作業服の裾を出し、背中には拳銃――ミロクのリバティチーフを差しておいた。

アルファードのサイドガラスをノックして、ドアを開いた。

「サク、お疲れさん」

中央の座席には岩田が座っている。人望がある人物特有の微笑を浮かべていた。

後部座席では、高尾がホテルの入口を監視していたようだ。小柄な体躯《たいく》をふり向けてくる。顔を合わせるのは久しぶりだった。幼さの残る容貌は、まだ十代にしか見えない。見た目だけからは、GPS衛星張りの探索精度を誇るとは到底思えなかった。

運転は受付の男が担い、隣の〝ジェイソン〟は巨大な躰を助手席に無理やり押しこんでいる。暑い中、悲惨な話だった。

菅原和の護衛は、別の者と交代させるか。朔太郎は藤嶌から相談を受けていた。

「いや、それはやめとこ」朔太郎は返した。「人が変わって、怖がらせてもいかんけんな。慣れとる人間《にんげ》らと連絡を取り続けた方がええわい。今どこにおるかも、〝ジェイソン〟から定期的に連絡さして。娘さんもその方が安心やろ」

〝ジェイソン〟と受付のコンビは今も、菅原和と定期的にスマートフォンで連絡を取っている。無事は確認済みだった。現在どこにいるか、何分でアパートまで向かえるか。逐一、和へ伝えてある。昨夜から現時点まで、一切の異状はないそうだ。

車内の五人で、一方通行路の監視範囲を決めた。朔太郎たち三人は車が寄せている北の歩道側、岩田と受付は南側の車道を見張ることとなった。助手席の〝ジェイソン〟が東、朔太郎は正面、高尾がホテル出入口含む西側を担う。ほぼ三六〇度をカバーしている形だった。

雲が濃くなってきた。空から赤味が消え、灰色に塗り潰されていく。車内に会話はなかった。切迫した状況であることは、全員に共通認識としてあった。

「来たぞ！」

数分後、〝ジェイソン〟の躰同様に逞《たくま》しい声が響いた。五人全員の視線が向く。

菅原美久こと冨里秋恵の姿があった。実物を見るのは初めてだ。小柄で、年齢の割に幼い。おっとりしているのも、娘の和から送られた画像のとおりだった。白い半袖ブラウスに、ベージュのパンツ。特に手荷物類はない。

同じ三番町の通りでも大街道より東側は、左右に飲食店を中心とする雑居ビルが立ち並ぶ。途中アクセントのようにコンビニエンスストアやホテル、ドラッグストアなども見える。灯りを点し始めた店も多いが、空にまだ残る明るさのためぼんやりした光景となっていた。

美久／秋恵は北側の歩道を進んでいる。東から西へ、車の進行とは逆方向に歩いていた。待機しているアルファードへ向かってくる形だ。

「押さえろ！」

岩田が鋭く告げた。待てと朔太郎が言ったときには、もう遅かった。

助手席から飛び出した〝ジェイソン〟が、左側から菅原美久を押さえた。左肩と左腕を摑んでいる。少し遅れて、運転席から向かった受付も右側から挟撃した形だった。

「あっ」

高尾が小さく声を上げた。朔太郎と岩田は揃って、西側を見た。

三人の視線が向かう先には、冨里冬汰が入ったというビジネスホテルがあった。

ホテルのエントランスでは、スモークガラスの自動ドアが開いていた。冨里冬汰がホテルから出てくる。黄色いアロハもそのままで、特に表情はない。

次の瞬間、ホテルと飲食ビルの間に穿《うが》たれた路地から小さな影が飛び出してきた。

影は、冬汰の背後に飛びついていく。同時に後方から刃物——手斧が冬汰の喉へと突きつけられていた。

手斧を握っているのは、菅原和だった。重たげな刃が首筋を狙っている。

一八：一七

「お母さんから電話があったけん、バレたんやないかと思うた」

菅原和は言った。菅原美久こと秋恵は、娘に先刻電話したらしい。何を話したのか、会話の内容は分からない。

「昨晩もやけど、アパートの裏から出るんに苦労したわい。縦の雨樋伝《あまどいつと》ておりてね。大変やったんやけん。でも、準備しといて良かった」

中学二年生の女子なら、その程度の身の軽さはあるのだろう。担任の森田梨名は運動神経が良いと言っていた。加えて成績優秀。護衛の連中にはスマートフォンでアパートにいるとさえ言っておけば、それ以上の確認はされない。ローティーンの一人暮らし宅、まともな男なら訪問は避けたいはずだ。中学生女子という立場を利用した上手い方法とは言えた。

警護が乗る車の位置を教えたことも、今となっては悔やまれる。死角からの移動を容易にしてしまった。

雲は厚くなり、猛暑から蒸し暑さへと変わりつつある。菅原和は、Tシャツにホットパンツと軽装だった。傍らには、部活用らしきスポーツバッグが置かれている。着替えや見立て用の小道具を運んでいるのだろう。返り血対策も万全というわけだ。

朔太郎と岩田、高尾の三人はアルファードから身を翻すように降車した。全員が北側の歩道へ降りた形だ。向かって右手には、手斧を突きつけた菅原和と、人質になった富里冬汰。左手には、〝ジェイソン〟と受付に押さえられた菅原美久がいる。三者は北側の歩道上で、頂点を広い鈍角とする逆三角形を描いていた。

「もう逃げられないぞ」

抑えた口調で岩田が言う。半グレリーダーの台詞《せりふ》としてはともかく、事実ではあった。菅原和に逃げ場はない。眼前で母親が取り押さえられたので、とっさに叔父の冬汰を人質としたのだろう。中学生らしい短絡さだ。知ってか知らずか、実の父親である男を。

夕刻となり、通行人の数が増え始めている。皆が異状を察知しているのか、遠巻きに歩いていく。東へ去る車両群は、キャリイとアルファードを避けて進む。飲食店の多い一方通行路のため、路上駐車など日常茶飯事。皆、慣れたものだった。

マセラティ・クアトロポルテが滑りこんできた。アルファードの前に停車する。ダークグレーの車体は、曇天で輝きもくすんで見えた。

「どうなっとん！」

助手席を出た秋吉菜々子が叫んだ。運転席側から降り立った藤蔦大地は、配下の半グレに目配せで指示を出す――動くな。

秋吉にとっては念願のツーショットドライブだったわけだが、そんな幸せも吹き飛んでしまったことだろう。

秋吉、藤蔦が最も東側。その前に菅原美久を抑えた〝ジェイソン〟と受付の男。やや手前に朔太郎と岩田、そして高尾。全員の視線は、陽が沈もうとする西側を向いていた。

その先には、菅原和と人質になった冨里冬汰がいる。娘は、父親の陰に隠れて姿が見なかった。

「どうなってんだ、サク」

藤嶌の質問に、朔太郎は手短に説明した。

濱岸いろはが、復讐プランを話したのは菅原和に対してだった。重度の認知症を患っていた濱岸は、菅原美久——母親と娘の和を混同していた。

先刻、濱岸の手記を特別養護老人ホームで読んだときから違和感はあった。十代のころならともかく、大人になった菅原美久こと秋恵が兄弟殺害計画など真に受けるだろうか。娘を持ち、分別のある年齢となった今になって。しかも、正岡子規の俳句に見立てた奇怪な殺人プランだ。まともに受け止めたとは思えなかった。

さらに、濱岸は殺害方法をチェーン店のカフェで伝授した。そう書かれてあった。初めてのことで、秋恵は感激していたとも。初めて云々《うんぬん》は好みの問題だろうが、大人の女性がチェーン展開しているカフェに入った程度で感激するだろうか。

朔太郎は菅原和の担任、森田梨名に確認した。和の中学校では、保護者を伴わないカフェ入店は校則により禁止されている。

菅原和を疑った理由は、もう一つあった。俳句の季節だ。

季節が合っていた夏彦はともかく、なぜ春雄まで真夏に殺害されたのか。それは、夏休みだからだ。

中学生が犯行に及ぶためには、長期休暇を待つ必要があった。休みが始まり、すぐに夏彦を殺害。返す刀で春雄も惨殺した。奇《く》しくも本人が言っていた――夏休みやけん、時間にも自由が効きますから。

母親の美久なら、急ぐ必要はない。濱岸の計画どおり、春を待てば良かった。その方が、慌てて犯行に及ぶより安全でもあったはずだ。

「……本当に、あんたやったんやね――」

菅原美久こと秋恵が呆然《ぼうぜん》と呟く。あとは言葉にならなかった。娘に駆け寄ろうとしたか、身柄を押さえた〝ジェイソン〟の腕に力がこもる。

「あの晩、出かけとったときからおかしい思とったけど」

次男の夏彦が殺害された夜、和は無断で外出していた。帰宅した娘を叱責したが、何をしていたのかは聞き出せなかった。

翌朝。兄が殺されたことを知った美久／秋恵は、娘の仕業ではないかと疑った。昨夜遅くまでの外出は、タイミングが合致し過ぎていた。持ち物や、当日の服装を調べた。血痕など犯行を示す証拠は発見できなかった。

だが、恐ろしくなった。少女のころ、数回だけ会った人物が頭をよぎった――濱岸いろは。どうしていいか分からなかったが、警察への通報は考えられなかった。

被害を拡大させてはならない。善後策を練る必要があった。和の父である冬汰に相談した。長男の春雄は、共犯の可能性がある。春雄と夏彦の不仲は知っていた。あえて接触は避けた。

美久と冬汰が会っていることを、他人から不審に思われてはならない。美久が勤める熟女キャバクラの客として、冬汰は姉と会うことにした。指名を重ねる形で、二人は協議を続けた。

「いっしょに住むんは危険やないかって、冬汰に言われたんです」

弟の助言を受け、菅原美久は娘の前から姿を消した。そして、二人で交代しながら娘の動向を窺った。そのうちに、母親の行方を捜す動きが感じられた。

「弟に協力してもろて、県外のホテルに身を隠しとりました」

濱岸いろはの考えどおり、春雄は夏彦殺害に加担した。女子中学生が提唱する殺害計画に、いい大人が乗ってくる。兄弟の確執はそこまで深かったのか、それとも何か別の力が働いたか。

春雄は合鍵を使って、和を夏彦の部屋へ導いた。その後、和は春雄を呼び出し、これも殺害した。夏休み期間中に終わらせるため、急ぐ必要があった。

春雄の殺害を機に、美久／秋恵は本日の夕刻前に帰県した。冬汰が待つホテルへ移動中、〝ジェイソン〟に取り押さえられた形だった。

和と冬汰は微動だにしていない。小柄な娘は、中背の父親に隠れて表情は窺えない。父親であり叔父でもある、濃厚な血縁者に手斧を突きつけたままだ。傍らのスポーツバッグには紐《ひも》類が入っているはずだった。被害者の両手を組み合わせ、縛る必要がある。

〝行く秋や手を引きあいし松二木〟——最後の見立て殺人を遂行するために。

和の護衛を交代させるか。藤嶌から相談された際、朔太郎は〝ジェイソン〟たちに継続させるよう頼んだ。後任はつけず、あえて和をフリーにした。〝ジェイソン〟組には、移動中も連絡させ続けるように仕向けた。現在いる位置まで逐一、和に伝えるよう念を押した。

すべては、菅原和をこの場へ誘き出すための罠だった。

変わらず、冬汰に表情はない。姪にして娘から刃物を突きつけられ、どういった心境なのか。意外と大ぶりな喉仏だけが上下している。どんな顔をするべきか、判断がつきかねているようでもあった。額の汗は蒸し暑さのためではないだろう。

朔太郎は背中に手を伸ばした。拳銃の銃把を握る。

通行する車は路上駐車している三台を避け、ゆっくりと進む。奇異な目で見ていく者も少なくない。夕刻を迎え、台数も増えつつあった。

「濱岸いろは、あなたに接触しとったんですか」うしろは見ずに、菅原美久へ話しかけた。「弟さんとのことも、それがきっかけで?」

菅原美久は、はいと答えた。曖昧な言い回しではあったが、十数年前に何があったか告げた。

「私の生活が荒れたんは、あの人に会ったのが原因です」

血塗られた伝説。加えて、実の母親は自分にとって従姉という事実。濱岸いろはから吹きこまれた因縁話は、秋恵の心をかき乱した。汚れた血。多感な時期に、耐えられない言葉に聞こえた。菅原美久は弟の冬汰を誘惑し、和を妊娠した。当時の心境は自分自身でも分からない。ただ、自暴自棄となってしまったことだけは確かだった。

「後悔しとります。娘にも悪いことを――」

娘に対する〝悪いこと〟とは何なのか。弟冬汰との関係による出生の秘密か。そのことによって勘当され、貧しい生活を余儀なくされたことか。

「春雄さんの奥さん監禁したんも、お二人の考えで？」

冬汰が冨里奈緒を拉致した理由。姉との関係を表沙汰にしない代わりに、金銭を要求されていた。近親相姦《そうかん》の過去によって強請《ゆす》られていたわけだ。奈緒は夫の春雄と離婚を考えていて、金が必要だったらしい。

恐らくだが、奈緒は夫との財産分与には期待していなかった。藤嶌からの情報では、春雄自身の資産は放蕩生活により枯渇《こかつ》しつつあった。本家の資産も目減りを始めていたという。奈緒にとって、和の出生に関する秘密はちょうどいい強請りのネタとなった。美久と冬汰は、永続的な金づるに見えたことだろう。

芳賀珠美に会いたいと、奈緒が朔太郎に告げたのはなぜか。和に関する秘密を告げるつもりはなかった。有力者の芳賀に会い、美久と冬汰に強力な後ろ盾を得たと思わせる。秘密を暴露する恐れが高まっている――そう思いこませようとしたのではなかったか。実際、奈緒は芳賀を援軍にしようと考えていたのかも知れない。

奈緒を拉致したのは、脅迫者を逆に脅す目的だった。だが、そのタイミングで和は夫の春雄を殺害してしまった。結果論だが追いつめられていた美久と冬汰にとっては、微かな好機となった。妻が姿を消せば、夫殺害に関する警察の疑いを向けさせることができる。娘の犯行をどう止めるか。それを検討する時間稼ぎともなったはずだ。

「早《は》よ、消えて」和が叫んだ。「こいつ殺すよ！」

殺そうとしている男が実の父親だと、和は知っているのだろうか。

菅原和が母親の捜索を依頼したのは、犯行を邪魔させないためだろう。自ら積極的に動いて見せることで、一連の失踪や殺害などには無関係と思わせる。そうしたアリバイ作り的な意味合いが目的なら、一定の効果はあった。当初、誰も和の関与など考えていなかったからだ。

全員が包囲網を狭め始めていた。朔太郎に岩田、藤嶌と秋吉も一歩踏み出す。〝ジェイソン〟と受付は、菅原美久を確保したままだ。秋吉が通報したか、パトカーのサイレンも聞こえ始める。

「もう、皆ウザいんよ！」

叫ぶと同時に、和が手斧を閃かせた。朔太郎は、背中からミロク・リバティチーフ三八口径を抜いた。

発砲。乾いた炸裂《さくれつ》音とともに、鐘をついたような金属音が響く。その場にいた全員が、身を竦《すく》ませた。

和の手から手斧が飛んだ。不気味な音を立て、アスファルトを転がる。発射した弾丸は手斧の刃を弾き、跳弾となってホテルの自動ドアに罅を入れた。スモークガラスには、白く蜘蛛《くも》の巣が描かれていた。

「行け！」

人任せな藤嶌の指示で、岩田が走り出す。〝ジェイソン〟と受付も母親――美久／秋恵を解放して娘の方へと向かう。

腕が痺れているのか、和は落ちている手斧を拾おうとはしなかった。岩田と〝ジェイソン〟が難なく取り押さえる。崩れ落ちる父親――冨里冬汰を受付が支えた。

「あんた、何しよん」秋吉が近づいてきた。「そんなモン、撃って！」

「あんたが発砲したことにしといてや」

「私、拳銃《チャカ》なんか持っと来《き》とらせんぞね！」

秋吉を無視して、朔太郎は背中に拳銃を戻した。銃身の熱が背骨に伝わってくる。

銃刀法違反でパクられるなどまっぴらだ。とはいえ、秋吉一人ではどうにもならないだろう。芳賀珠美に手を回させれば何とかなるはずだった。もしかしたら、冨里四季蔵辺りにも登板願うかも知れない。この二人なら、拳銃一発の発砲などどうとでもできる。発砲が問題視されずに手柄とでもなれば、秋吉本人も納得するだろう。

芳賀は、今回の件を隠蔽する方向で動くと思われた。特に、過去の因縁に関しては。冨里家はじめ地元権力層への貸しとするはずだ。

なぜ濱岸いろはは、このような妄執に憑《と》りつかれたのか。朔太郎には知る由もないことだった。今となっては本陣村で何が実際に起こったのかなど、探るどころか端緒を摑むことさえ不可能だ。第一、追及したところで何の意味もない。何百年も昔の話——思い出として楽しむには、黴《かび》と埃《ほこり》に塗れすぎている。人間の血にも。

警官隊が到着し始めた。多くの警察車両が一方通行道路を埋め尽くしていく。三番町の通りは封鎖され、交通誘導が始まっている。回転灯が眩しい。

藤嶌と岩田が、菅原和の身柄を警官隊に渡している。十代少女の殺人鬼は、ふてくされたような顔をしていた。悪戯《いたずら》を咎められ、職員室に正座させられた中学生のような。実際に中学生なわけだが。

「あーあ、財産もらい損ねたやん」

菅原和が嗤う。両脇を女性刑事が押さえていた。秋吉も傍につき従っている。

「汚れた血とか超ウザイし、貧乏にもうんざりやったんよ。皆いなくなって、お金もらえたら万々歳やったのに」

「何だべ、汚れた血って」

藤嶌が近づいて来ていた。朔太郎に話しかける。

「だから言ったろ、歴史は嘘を吐くってよ」藤嶌が吐き捨てた。「こうやって、人の運命まで変えちまうのさ。おっかないねえ、まったく」

藤嶌の言葉を合図にしてか、烏の一団が飛び上がった。ばらばらに泣き喚きながら、松山城を頂くねぐらの山へと向かっていく。道路では鑑識が測量中の手斧に、鳩が近づいていた。呑気な動作で何かを啄《ついば》んでいる。

朔太郎は天を仰いだ。街に暮色が広がり始めている。闇が包み切るには、まだ間があった。曇天は黒ずみ、月や星はなく、ネオンだけを反射していた。

火炙り庄屋の怨念と哄笑《こうしょう》が、濁った夏の夜空を渦巻いている気がした。

本書は書き下ろしです。
この物語はフィクションです。作中に同一の名称があった場合でも、
実在する人物・団体等とは一切関係ありません。

宝島社
文庫

ヘンチマン　本陣村の呪い

（へんちまん　ほんじんむらののろい）

2024年10月17日　第1刷発行

著　者　柏木伸介
発行人　関川誠
発行所　株式会社 宝島社
〒102-8388　東京都千代田区一番町25番地
電話：営業 03(3234)4621／編集 03(3239)0599
https://tkj.jp
印刷・製本　中央精版印刷株式会社

Printed in Japan
ISBN 978-4-299-06064-8

『このミステリーがすごい！』大賞 シリーズ

宝島社文庫

毒入りコーヒー事件

朝永《ともなが》理人《りと》

自室で毒入りコーヒーを飲んで自殺したとされている箕輪家長男の要。遺書と書かれた封筒こそ見つかったものの、その中身は白紙だった。十二年後、十三回忌に家族が集まった嵐の夜に、今度は父親の征一が死亡。傍らには毒が入ったと思しきコーヒーと白紙の遺書があり——。

定価 850円（税込）

『このミステリーがすごい!』大賞 シリーズ

宝島社文庫

赤ずきんの殺人
刑事・黒宮薫の捜査ファイル

井上《いのうえ》 ねこ

裂かれた腹に石を詰められ、特殊詐欺グループの男が殺された。死体のそばにはグリム童話の一ページ。男は『赤ずきん』の狼に見立てて殺されたのだ。『白雪姫』『青髭』『ヘンゼルとグレーテル』、悪役を想起させる殺人が次々と起こり――。戦慄のサスペンス・ミステリー!

定価 790円(税込)

宝島社
文庫